Über das Buch *Babylon* enthält 17 Erzählungen von Günter de Bruyn, die zwischen 1960 und 1984 entstanden. Es sind ungewöhnliche Geschichten über gewöhnliche Figuren und deren Sorgen um Ehe, Wohlstand und Karriere – doch hinter diesem alltäglichen Gerangel verbergen sich die großen alten literarischen Konflikte um Liebe, Wahrhaftigkeit und Macht. Nach zehn Jahren Gemeinsamkeit beispielsweise tauschen die Eheleute Anna und Karl ihr Geschlecht, schlüpfen gleichsam in die Haut des anderen – und müssen feststellen, daß sie dem Leben ihres Partners nicht gewachsen sind. »Günter de Bruyns Geschichten vereinigen Ironie mit psychologischem Einfühlungsvermögen und sanfter Menschlichkeit«.

(Frankfurter Allgemeine Zeitung)

Der Autor Günter de Bruyn wurde 1929 in Berlin geboren und war vorübergehend als Lehrer und Bibliothekar tätig. Seit 1963 lebt er in Ost-Berlin und bei Frankfurt/Oder als freier Schriftsteller. Er wurde u. a. mit dem Heinrich-Mann-Preis, dem Lion-Feuchtwanger-Preis, dem Thomas-Mann-Preis und dem Heinrich-Böll-Preis ausgezeichnet.
Im Fischer Taschenbuch sind außerdem von ihm erschienen: ›Buridans Esel‹ (Bd. 1880), ›Preisverleihung‹ (Bd. 5401), ›Neue Herrlichkeit‹ (Bd. 5994), ›Tristan und Isolde‹ (Bd. 8275), ›Das Leben des Jean Paul Friedrich Richter‹ (Bd. 10973) sowie ›Günter de Bruyn. Materialien zu Leben und Werk‹ (Bd. 10960).

Günter de Bruyn

Babylon

Erzählungen

Fischer Taschenbuch Verlag

7.–9. Tausend: Mai 1992

Veröffentlicht im Fischer Taschenbuch Verlag GmbH
Frankfurt am Main, April 1992

Lizenzausgabe mit freundlicher Genehmigung
der S. Fischer Verlags GmbH, Frankfurt am Main

Umschlaggestaltung: Buchholz / Hinsch / Hensinger
Umschlagabbildung: Pieter Bruegel d. Ä., ›Der Turmbau zu Babel‹
Druck und Bindung: Clausen & Bosse, Leck
Printed in Germany
ISBN 3-596-11334-2

Inhalt

Fedezeen

1

Der Weg zu Großvater war weit, anstrengend und oft gefährlich, die Kekse aus der Blechbüchse schmeckten muffig, und abends fürchtete ich mich in dem alten Mietshaus; trotzdem ging ich gern zu ihm, um von den verzauberten Teichen zu hören.

Immer, wenn ich zu ihm kam, saß er am Fenster neben der Nähmaschine und sah hinaus auf die Brandmauer des zweiten Hinterhauses, deren graues Putzkleid bei jedem Regen mehr zerschliß und die scheußliche Nacktheit nachlässig gemauerter Ziegel sehen ließ. Er hielt den Kopf wie einer, der am fernen Horizont etwas zu erkennen versucht, und erst wenn er mir sein knochiges Gesicht mit den stumpfen, milchigblauen Augen zuwandte, wußte ich wieder, daß er fast blind war.

»Tach, ok, min Jung«, sagte er, erhob sich langsam aus dem leise ächzenden Korbstuhl, schlurfte zum Kleiderschrank, nahm die Keksbüchse herunter und trug sie zur Nähmaschine, auf der ich bereits saß und darauf wartete, daß er zu erzählen begann. Meist aber dauerte es lange, bis er sein Schweigen brach. Im Sommer summten Fliegen an der Scheibe auf und ab, im Winter trieben verirrte Windstöße Schneewirbel gegen die Fenster, im Hofschacht unten klapperten die Müllkästen, weit entfernt, von der Yorck- oder Belle-Alliance-Straße her, erklangen Marschmusik und Autogehupe. Mein Gesäß schmerzte vom harten Sitzen, manchmal fielen mir, wenn ich auf das eintönige Ticken des Regulators hörte, die Augen zu, aber nicht eine Minute bereute ich es, gekommen zu sein.

»Kannst du schwimmen?« Völlig munter war ich, wenn er mit dieser Frage begann.

»Ja, Großvater, ein bißchen.«

»Dat 's gaut; ohne Schwimmen helpt dat nicht so veel!«

Das Stückchen Himmel, das man sehen konnte, wenn man den Kopf auf die Fensterbank legte und steil nach oben blickte, war meist schon grau wie der Mauerputz geworden, wenn Großvater zu sprechen begann. Er redete mit leiser Verschwörerstimme, bei deren Klang sich die Haut auf meinen Armen in angenehmer Erregung zusammenzog.
»Hest du wedder wat?«
»Ja, Großvater«, sagte ich und breitete auf der Fensterbank die Pfennige und Sechser und Groschen aus, um die ich seit Stunden meine Faust gepreßt hatte. Großvater betastete jedes der handwarmen Geldstücke und rechnete leise dabei. Auf einen Wink von ihm lief ich zum Bett und zog unter dem Keilkissen das großkarierte Tuch hervor, in das er die neuerworbenen Schätze einwickelte. Wieder rechnete er mit aufgeregt flatternden Lippen. Ich schlich zur Tür und legte den Riegel um; Großvater öffnete den Nähmaschinenkasten. Unter Lappen und Garnrollen versteckt, lag unsere Kassette, eine Tabakschachtel mit dem knallbunten Bild eines pfeiferauchenden Robinson; trotz der Kratzspuren waren die Felljacke, der Sonnenschirm und der im Hintergrund arbeitende schwarze Freitag noch gut zu erkennen. Verräterisch schepperte das Blech, wenn das Geld hineinfiel. Großvater feuchtete den kurzen Stift mit der Zunge an und gab ihn mir. Vor Aufregung zitternd, trug ich die neue Summe auf der beiliegenden Schreibheftseite ein. Dann wurde Robinson wieder unter Tuch, Zwirn und Stecknadelkissen begraben. Die Tür wurde entriegelt; nun erst konnte ich mich richtig freuen.
»Wie lange noch, Großvater?«
»Iher, as du di denkst, Jung!«
Wir sparten seit Jahren. Ich drängte mich den Nachbarn als Einholer auf; ich hackte beim Kohlenhändler Holz, zählte Briketts in die Kästen, ich bettelte den Jungen aus unserer Straße, die als Lehrlinge ihr erstes Geld verdienten, die Pfennige ab; ich kramte leere Flaschen aus Mülltonnen, hütete gegen Bezahlung Kleinkinder in Buddelkästen, erpreßte meinen älteren Bruder, den ich mit einem Mädchen im Park gesehen hatte; ich hangelte mit Magneten Münzen aus Kellergittern, verkaufte Weihnachts- und Ostersüßigkeiten an Schulkameraden; ich suchte vor Kinokassen, Theken, Ladentischen und auf Rummelplätzen nach heruntergefallenen

Geldstücken und versuchte auch manchmal den Bäcker oder Milchhändler zu betrügen. Großvater aber sparte am Essen, an Strom und an Gas. War er allein, ging er mit der Sonne zu Bett, mit mir saß er im Dunkeln, kam meine Mutter, drehte er oft die Sicherungen heraus, und wir aßen das mitgebrachte Abendbrot bei Kerzenschein. Tee brühte er sich für Tage im voraus und trank ihn kalt; zum Mittag aß er nur Gerichte mit kurzer Kochzeit, Haferflocken-, Grieß- und Maggisuppen, Eierkuchen oder Blutwurst. Manchmal ging angeblich sein Kocher entzwei, und er ließ sich Erbswurstsuppen von der mitleidigen Nachbarin kochen. Sein Versuch, den sonntäglich gestimmten Spaziergängern neben dem künstlichen Wasserfall am Kreuzberg mit demütig gezogener Mütze und frisch gewaschener gelb-schwarzer Armbinde Groschen zu entlocken, endete zwar schnell auf einer Bank im Polizeirevier, aber auch ohne das füllte sich langsam unsere Kasse, und der ersehnte Tag rückte näher.
Zweimal glaubten wir uns schon nahe am Ziel und wurden enttäuscht. Das war, als Großvater von der Fahrpreiserhöhung erfuhr, die irgendwann in den grauen Jahren seines Stadtlebens einmal erfolgt war, und dann, als ich zehn Jahre alt wurde und damit die Kinderermäßigung für mich wegfiel. Aber wir gaben nicht auf, sparten weiter und hüteten unser Geheimnis.
Die Versuchung, Freunde einzuweihen und zu Großvater mitzunehmen, war groß; denn der Weg war langweilig und manchmal, wenn in den Schluchten der Nebenstraßen uniformierte Jungenhorden lauerten, auch gefährlich; aber obwohl Großvater es mir nicht ausdrücklich verboten hatte, tat ich es nie, weil ich ahnte, daß niemand den Zauber unserer Teiche würde begreifen können, und weil ich Angst vor ihrem Lachen hatte. Schon der Name der Straße, in der Großvater wohnte, reizte sie dazu. Fidizin war für sie ein komisches Wort; ich verstand es nicht, wußte es aber aus bitterer Erfahrung. Es verführte sie zu albernen Witzen; sie machten Medizin daraus oder hängten weitere Silben mit i an. Für mich hatte das Wort einen überaus schönen Klang: So surrten die vielfarbig glitzernden Libellen über die Teiche. Und wenn an den schularbeitsfreien Mittwochnachmittagen, während die anderen ihren »Dienst« hatten, auf dem Weg zu

Großvater die ermüdend vielen steinernen Rechtecke des Pflasters, die aussahen wie traumhaft-endlose Hopsefelder, unter meinen schwächer werdenden Schritten vorbeizogen, übte auch ich mich in Fidizin-Wortspielen, aber in ernsten. Fodozoon, war die Sonne über den Feldern, Fadazaan der Dufthauch des Kalmus, der Flug des Milans, Fuduzuun der Ruf der Unken, das Hämmern des Spechts, der nächtliche Schrei der Eulen. Nur das Fedezeen hielt ich zurück; es erinnerte an das »Nee« des Großvaters, an leere Kassen und trostlose, gelbe Sandberge. Aber auch darüber hätten sie gelacht, die anderen, mehr aber noch, wenn sie nach mühevollem Treppensteigen im Kirchenlicht der buntbemalten Flurfenster den in kunstvoll verschnörkelten Buchstaben auf glänzendes Messing gemalten Namen des Großvaters, Wilhelm Rosinchen, entziffert hätten. Nein, man konnte sie wirklich nicht einweihen; man konnte sie hierher nicht mitnehmen.
Daß Großvater schwieg, ist sicher. Großmutter hatte alles gewußt; aber sie lag schon länger, als ich denken konnte, mit ihrem schneeweißen Papierhemd im Sarg und wartete auf ihn, der ihr aber erst folgen wollte, wenn er mir die Teiche gezeigt hatte. Wenn er von ihnen redete und meine Mutter die Stube betrat, schwieg er sofort oder brabbelte sinnloses Zeug vor sich hin. Einmal hatte ich Kitty, das Mädchen mit den vorstehenden Zähnen, das zweimal wöchentlich Brot und Maggisuppen für ihn einkaufte, im Verdacht der Mitwisserei; aber auf meine eifersüchtige Frage erzählte er mir, daß sie ihm vorgeschlagen hatte, die Nähmaschine, Großmutters Nähmaschine, zu verkaufen, und da wußte ich, daß sie unwürdig war.

2

Unsere Teiche lagen in der Gegend, in der Großmutter geboren war. Sie hatten keinen Namen, da niemand sie kannte; nur ein Köhler hatte von ihnen gewußt und vor seinem Tode Großvater davon erzählt. Vielleicht waren sie auch zu klein für einen richtigen Namen. Großvater nannte sie manchmal Waldaugen, manchmal Glücksteiche, meist aber kamen wir ohne Namen aus.

Sie lagen tief in den Wäldern, die so trocken waren, daß niemand sie in ihnen vermuten konnte. Daß sie auch in den heißesten Sommern nicht austrockneten, daß Fische in ihnen lebten und Laubbäume, die es sonst in der Gegend nirgendwo gab, sie umstanden, konnte Großvater erklären; unerklärlich aber war auch ihm, daß sie im Winter nicht zufroren. Lag es an den Unmengen vielfarbenen Laubs, das im Herbst die winzigen Wasserspiegel wärmend bedeckte? Brachten Quellen aus dem Erdinnern heiße Wasser herauf? Man wußte es nicht, auch wenn man erfuhr, wie die Teiche entstanden waren; aber doch schien einem dann einiges klarer zu sein.

Da stand einmal, vor unvorstellbar vielen Jahren, als Großvater noch nicht lebte und dessen Großvater auch noch nicht, dort, wo unsere Teiche jetzt durch Astgewirr zum Himmel sahen, ein Berg und auf dem Berg ein Schloß von glänzendem Weiß, im Umkreis von vielen Meilen sichtbar, und auf dem Schloß wohnte eine Prinzessin, die schön war, wie das erste Schilf im Frühjahr und spröde wie das braune Rohr im Frost. Bewerber strömten aus allen Himmelsrichtungen herbei, füllten Straßen und Wirtshäuser, standen Schlange vor dem Schloß, schöne Jünglinge und weise Greise, von nah und fern, Schwarze, Gelbe selbst dabei, Ritter und Schriftgelehrte, Clowns und andere Künstler, Gnomen und Riesen; jeder wollte sie besitzen, sie aber wollte niemandes Besitz werden, weil sie besessen war vom Traumbild eines Jünglings, der nicht kam. Ein großer Zauberer schließlich, der übers Meer gekommen war, um sie zu freien, und wie die anderen abgeschlagen wurde, verfluchte sie. Ein Erdbeben erschütterte das Land, ein schwarzer Abgrund tat sich auf, und Berg und Schloß und Jungfrau stürzten in die Tiefe. Von der Tränenflut der Prinzessin aber blieben die Teiche zurück. Einmal in hundert Jahren zur Johannisnacht steigt sie empor, Glühwürmchen umschweben sie, die gelben Mummeln auf den Teichen verneigen sich vor ihr, sie sitzt am Ufer, weint, flicht weiße Seerosen zu einem Kranz und wartet auf den unbescholtenen Jüngling, das Sonntagskind, das sie erlösen kann.

Immer wieder verlangte ich von Großvater diese Schöpfungsgeschichte zu hören, und er erzählte, und sie wurde immer schöner und länger dabei. Beim Auftritt der Prinzessin in der Johannisnacht spielten bald nicht nur die Seerosen mit, auch die Libellen und Frösche, die Binsen und Enten bekamen ihre Aufgaben. Nie aber versäumte er, Enttäuschungen vorwegnehmend, zu betonen, daß ich an einem Sonnabend geboren und also nicht bestimmt sei, sie zu erlösen. Aber er wußte auch, daß sie sich über jeden freute, der ihre Teiche fand und darin badete, und diese überschüttete sie dann mit Glück, mit größerem die, die bis zur Mitte schwimmen konnten.

Großvater hatte auch gebadet in den Tränen der Prinzessin, aber nur am Rand, da er nicht schwimmen konnte. Trotzdem: Kaum war er anderen Tags aus dem Walde heraus, sah er zum erstenmal die Großmutter, sie hütete am Wegrain Ziegen, und sie nur anzusehen, schien ihm schon Glück genug. Jedoch der Zauber der Prinzessin wirkte weiter; Großmutter sagte ja auf seine Frage, obwohl er weder Geld noch Arbeit hatte und die Polizei ihn suchte; sie küßte ihn und ging mit ihm nach Berlin. Und nicht genug damit. Als in der fremden, grauen Stadt sich nichts zu beißen und zu brechen für sie fand, nahm eine alte Frau sie auf, die bald darauf verstarb und ihnen die Nähmaschine hinterließ, die sie und meine winzig kleine Mutter, die in der Fidizinstraße, zwei Treppen rechts, zur Welt gekommen war, vorm Hungertod bewahrte. Und dabei hatte Großvater nur am Rand gebadet, nicht einmal sein Kopf war naß geworden dabei.

Ich aber konnte schwimmen und sogar tauchen, was wohl noch mehr bedeuten mußte, doch kümmerte mich die Glücksverheißung erstaunlich wenig. Mir war vorstellbares Glück so eng mit der Fahrt zu den Teichen verbunden; der erste Schritt an ihren Ufern, der erste Blick zu den Ulmen, das erste Bad auch so sehr Endpunkt, so sehr Erfüllung, daß mir zukünftiges Glück ganz und gar unwichtig erschien.

Ich sagte es Großvater, und er freute sich darüber, denn er fühlte ebenso. Glück war das Leben an den Teichen, fern der Stadt, fern ihrem Lärm aus Lautsprechern und Fanfaren, ihren uniformierten Horden, fern von Schule, Benzingestank und Kommandos. Großvater wußte: Viele litten wie wir, aber keiner außer uns beiden kannte den Ausweg ins Glück, die Wälder, die Teiche.

3

Nicht nur an Fahrgeld war zu denken, auch an das Gepäck. Immer fiel uns zuerst ein, was wir nicht brauchten, Essen zum Beispiel. Auf der Bahnfahrt würde die freudige Erregung jeden Hunger ersticken. In entsetzlicher Ungeduld vergehen die ersten Stunden, ich lese Großvater die Namen der Stationen vor, er schüttelt den Kopf, wieder und wieder, dann aber auf einem elenden Bahnhof, nur Gleis und einsames Wartehäuschen, richtet er sich auf, seine Lippen zittern wie immer vor den ersten Worten, er preßt die Nase an der Scheibe platt, dann brabbelte er los: Hier ist Großmutter mal in Stellung gewesen. Auf der nächsten Station, einer kleinen Stadt mit der einen kopfsteingepflasterten Straße, an deren Anfang der Bahnhof und an deren Ende die Kaserne liegt, hatte Großvater einrücken müssen zur Artillerie, weil er mit Pferden umgehen konnte. Nun brauche ich nicht mehr vorzulesen, Großvater weiß die Reihenfolge der Dörfer. Wir stehen schon auf, schnallen den Rucksack über, nehmen Großmutters Hutschachtel aus dem Gepäcknetz, obwohl wir wissen, daß wir erst auf der vierten Station aussteigen. Dann ist es soweit, wir stehen auf dem Bahnsteig, allein, hoffentlich allein, atmen tief und gehen los, durch blühende Rapsfelder, Großvater frisch wie nie, ohne Rast dem Walde zu. Würden wir bis dahin ans Essen denken können? Und unter den Kiefern dann, zu Beginn der großen Waldtour, würden wir finden was wir brauchten: Beeren, vielleicht auch Kräheneier, bestimmt aber Pilze, die gibt es immer, sogar im Winter den Schneepilz mit weißgrauem Hut, Großvater wußte Bescheid.

Das Geld für Brot und Wurst also konnten wir sparen, aber zu trinken würden wir etwas mitnehmen, Tee am besten, in Großvaters alter Kaffeeflasche; denn der Wald, den wir stundenweit durchqueren würden, war trocken und sandig; Mahlheide nennen ihn die Leute aus Großvaters Dorf. Grau und pulvrig ist der Sand auf den Hügeln, wir stapfen lautlos hindurch; dann geht es über schwärzliches Moos, das knistert, wenn man drauftritt; Äste knacken unter unseren Stiefeln, heiser krächzend flattern Eichelhäher vor uns her. Kein Lufthauch lindert die Hitze, die zwischen den dürftigen Kiefernstämmen steht. Selbst wenn es geregnet hat, ist der Wald wieder trocken, bevor der letzte Tropfen von den Ästen gefallen ist. Die Kaffeeflasche wäre leer, ehe Großvater stehenbliebe und aufgeregt die Nase in die Luft streckte. Nun rieche auch ich es. Duft von feuchtem Moos, von saftigen Blättern, von Wasser weht uns entgegen wie der Atem des Morgens. Noch einen Hügel müssen wir hinauf, höher und steiler als die zuvor, dann sehen wir unter uns den Teppich der Laubbaumkronen.

Die Frage, ob Decken nötig wären, beschäftigte uns lange. Auch Laub und Moos waren warm und weich, aus Binsen konnte man Matten weben, ein Wetterdach aus jungen Buchenstämmen war schnell errichtet. Und doch entschieden wir uns schließlich für die Decken. Am Spätnachmittag erst könnten wir durch dichte Farne zu den Teichen hinunterlaufen, ich voran bis zu der kleinen, baumlosen Kanzel mit dem Findlingsblock, von dem aus man die Teiche zuerst sieht, vier tellerrunde schwarze Spiegel in schattenüberspieltem Grün. Schwer schnaufend, den schweißnassen Schnurrbart zerzaust, tastet Großvater sich mir nach. Ich schäme mich, ihn vergessen zu haben, und laufe zurück. Dann stehen wir dicht beieinander, das Ziel endlich vor Augen. Seine von Adern überzogene Hand mit den zerstörten Nägeln liegt auf meiner Schulter. Ich will ihm erklären, was alles zu sehen ist, aber er schüttelt den Kopf. Er weiß es auch so. Als wir uns langsam den Teichen nähern, beginnen Bleßhühner zu kreischen. Bei jedem Schritt bergab ändert sich die Färbung des Wassers; aus Schwarz wird blendendes Silber, aus Silber Grün, aus Grün Blau; dann stehen wir am Ufer, beugen uns vor und sehen, daß das Wasser klar und durchsichtig ist wie frisch geputzte Fensterscheiben. Jede Windung des spitzen, gedrehten Hauses einer Wasserschnecke ist deutlich zu erkennen. Schade würde es sein, in diesen ersten Stunden an die Arbeit für ein Nachtlager denken zu müssen. Deshalb ist es gut, Decken zu haben; ich werde Großvater in seine einwikkeln, wenn die Dämmerung von den Zweigen fällt; ich schlüpfe in meine, und dann liegen wir im schweren Geruch des Kalmus, der seine schwertartigen Blätter vor uns zum Himmel reckt, und lassen kein Auge von unseren Teichen, die jetzt rosenfarbig geworden sind. Von irgendwoher fällt

ein Wind in das Tal und läßt das Rohr sirren und zittern. Sumpfgasblasen perlen empor und zerplatzen lautlos. Zwei Enten erschrecken uns mit hastigen Flügelschlägen, sie fallen ein und reißen die stille Wasserfläche auf. Die Dunkelheit füllt das Tal mit feuchter, kalter Luft.
Die Decken mußten mit, wie auch die Werkzeuge und Angelgeräte, die gleich am ersten Morgen ausgepackt werden müssen. Von diesem ersten Morgen sprach Großvater am liebsten. Er versuchte das Knarren des Drosselrohrsängers und die Lockrufe der Entenmutter nachzuahmen, beschrieb mir das Flügelknistern der stahlblauen Libellen, die Blütenfarbe der Sumpflilien und das Flugbild des Milans, der vielleicht noch immer in der Eiche nistet. In den Wipfeln ist schon heller Tag. Finster steht das Binsengebüsch vor dem Schilfgürtel. Scharen kleiner Fische beginnen zu springen und bringen das Wasser stellenweise zum Brodeln. Während ich nach dem ersten prickelnd-kalten Glücksbad die Angel auswerfe, watet Großvater durchs Schilf und bringt eine Handvoll Frühstückseier mit, weiße und graugesprenkelte. Die Fische beißen, als hätten sie seit der Verwünschung der Prinzessin auf unsere Köder gewartet. Silberweiße Plötzen, goldglänzende Rotfedern, bleifarbene Brassen, schwarzstreifige, spitzflossige Barsche, schleimige Schleie fliegen an Land, zappeln zwischen den mit Kuckucksspucke verzierten Lichtnelken. Dann reißt die Schnur unter den wasseraufwirbelnden Schwanzschlägen eines gelbbäuchigen, breitmäuligen Hechts. Großvater lacht so über mein schafsdummes Gesicht, daß ihm der Speichel über das unrasierte Kinn tropft. Angelschnüre wollten wir reichlich mitnehmen. Der Hecht war uns sicher; einmal würde er sich an dem der Länge nach durch ihn getriebenen Spieß über dem Holzfeuer drehen. Auch Zündhölzer mußten wir mitnehmen, mehrere Pakete. Bis der Frost kam, mußten sie reichen, dann würde unser Feuer im Blockhaus nicht mehr ausgehen.
Mehr als das sagte Großvater nie über den Winter. Mich fröstelte manchmal beim Gedanken daran. Auch fragte ich mich, ob es genug Schneepilze geben würde. Aber wir hatten ja die Fische aus den immer offenen Teichen.
Von einer Heimkehr in die Stadt war nie die Rede.

4

In den Wochen vor den Sommerferien lebte ich wie ein gehetztes Wild. Fast täglich klingelte es an unserer Wohnungstür, und vor meiner Mutter strammstehende Jungen brachten Befehle, zum »Dienst« zu kommen. Ich versteckte mich, meine Mutter bot den Boten Bonbons an, die sie stolz ablehnten, und suchte nach Entschuldigungsgründen. Nachdem der Klassenlehrer mich öffentlich gerügt hatte, hielten auch meine Freunde nicht mehr zu mir. Auf einen amtlichen Brief hin ging meine Mutter in das Büro des Stammführers, eines netten jungen Mannes mit Abitur. Er machte einen so guten Eindruck auf sie, daß sie mich danach zum erstenmal scharf verhörte. Auch sie verriet mich, indem sie mein Schweigen nicht verstand. Es hätte auch nichts genutzt, ihr zu sagen, daß ich mich vor dem Sohn unseres Gemüsehändlers, der mittwochnachmittags eine grünweiße Kordel trug, nicht auf eine Handbewegung hin in den Dreck fallen lassen konnte. Anscheinend konnten es alle außer mir; ich wußte nicht, warum.

Mutter brachte mich zu einem Arzt. Auch er war nett und verständnisvoll, aber auf den Zettel für den Stammführer schrieb er, daß ein Aufenthalt im Zeltlager meiner schwachen Konstitution gut bekommen würde. Dem Zettel glaubte meine Mutter mehr als meinem Schweigen. Am zweiten Ferientag sollte ich fahren. Am ersten machte ich mich auf den Weg zur Fidizinstraße, fünfundneunzig schwerverdiente Pfennige in der Faust. Ich hatte nicht einmal geweint in dieser Zeit. Wie gut, daß ich keinem von unseren Teichen erzählt hatte.

Bei Großvater gingen zwei Männer auf und ab, die aussahen, als ob sie mit zehn Jahren auch Kordel und Koppel getragen hatten. Großvater sollte in ein Veteranenheim umsiedeln. Sie wechselten sich ab im Reden, sprachen von der Bombenverpflegung, dem schneidigen alten Heimvater, der auch eine Stimmungskanone sein konnte, von den Kameraden, die sie Pfundskerle nannten, und von der stolzen Freude an Kriegserinnerungen, und dann sagten sie immer gleichzeitig: »Wahrhaftig ein würdiger Abschluß eines deutschen Frontkämpferlebens!« Sie wollten Großvater aus dem Haus haben, weil

seine Einzimmerwohnung vom Blockwart als Lagerraum für Helme, Sandsäcke, Wassertonnen und Feuerpatschen gebraucht wurde.
Großvater hatte sein dämlichstes Gesicht aufgesetzt. Seine halbgeschlossenen Augen blickten blöde ins Leere, und unaufhörlich kaute er sabbernd an seinem schlohweißen Schnurrbart. Wenn nach dem gemeinsamen Spruch über das Frontkämpferleben eine kurze Pause eintrat, brabbelte er nicht zur Sache gehörendes Zeug vor sich hin, das die Männer nicht verstanden. »Koppweih hadd de all Korporal kregen, as dat Pierd em up den Dez pinkelt hadd.«
Schließlich zogen sie ab, nachdem sie ihm ins Ohr gebrüllt hatten, daß sie am Tag drauf mit Möbelwagen und Taxe wiederkommen würden, um ihn im Heim abzuliefern.
Wir lauschten, bis das Poltern der Stiefel auf der Treppe verstummte. Großvater strich den feuchten Schnurrbart glatt und öffnete die Augen wieder.
»Ich nehme dich mit zu uns!« sagte ich.
»Sülwst is de Mann!« knurrte er und deutete zur Tür. Ich legte den Riegel vor, holte das Tuch aus dem Bett, schwang mich auf die Nähmaschine und ließ meine fünfundneunzig Pfennige auf die Fensterbank rollen. Großvater zählte tastend. Dann wurde Robinson herausgeholt, der Stift angefeuchtet. Ich schrieb, Großvater rechnete im Kopf. Dann lehnte er sich in den Korbstuhl zurück. Seine Lippen zitterten kein bißchen, als er sagte: »Morgen früh führen wi, Jung!«

5

Der Morgen hatte die schwülwarme Nacht mit einem kaum merklichen Hauch von Kühle beendet. Als ich auf die Straße trat, stand die Sonne erst fingerbreit über dem Krankenhausdach, aber schon spürte man die Hitze des fernen Mittags. Trotz des Tornisters, der hart auf meinen Rücken schlug, lief ich ein Stück neben einem Sprengwagen her, bis meine Beine pitschnaß waren und das Wasser in meinen Schuhen schmatzte. Erst dann erinnerte ich mich meiner Mutter, die aus dem Fenster lehnte, um ihrem Jungen einen Abschied zuzuwinken. Sicher war neben der Angst auch ein wenig

Stolz in ihren Augen. Die Freude am frühen Sommerferientag, die der Sprengwagen gebracht hatte, verging, für einen Moment war Trennungsschmerz da und die Ahnung künftigen Heimwehs, aber dann siegte der Haß wieder, der die erste große Lüge meines Lebens rechtfertigte. Um ihre Ruhe zu haben, schickte sie mich ins Lager, sie sollte für immer ihre Ruhe vor mir haben.

Ich sah alles wie zum letzten Mal: die vertraute Fassade der Mietshäuser mit der winkenden Mutter darin, die Osram-Reklame auf der Brandmauer, die Lastwagen, die zum Güterbahnhof hinauffuhren, die zahme Elster des Zeitungsverkäufers unter der Brücke und die dumm lächelnden Puppen im Schaufenster von Kajot, Uniformen für alle Gliederungen der Partei. Ich sah es genauer als sonst, aber ohne jeden Schmerz. Vielleicht hätte ich ihn empfunden, wenn ich die nach Leder und Imprägnierung riechende Uniform nicht hätte tragen müssen, die mich zu einer dieser Schaufensterpuppen machte. Mutter hatte viel Geld ausgegeben, um ihren Sohn vorschriftsmäßig ins Zeltlager zu schicken. Ich hatte die vergebens vertanen Scheine und Münzen ohne Bedauern in der Kasse des Kaufhauses verschwinden sehen; Geld interessierte mich nicht mehr, seitdem der notwendige Fahrpreis in der Blechbüchse lag.

Selbst der Abschied von Großvaters Wohnung brachte keinen Schmerz, eher ein Gefühl der Erlösung; es war unsere Stube nicht mehr, seitdem die Nähmaschine nicht mehr vor dem Fenster stand. Kitty, das Mädchen von nebenan, hatte sie zur Aufbewahrung bekommen; nur ich hatte das Recht, sie einmal zurückzufordern. Ich sagte: »Ja, Großvater!«, aber ich dachte: Was soll ich an unseren Teichen mit einer Nähmaschine? Felljacken kann man damit doch nicht nähen.

Der Friedhofswärter, der gähnend das Tor an der Bergmannstraße öffnete, sah uns verwundert an, als wir früher als sonst mit Tornister und Hutschachtel an Blumenladen und Gefallenendenkmal vorbei hinter Nummer 231 in den Seitenpfad einbogen. Aber er fragte nichts, sagte nur etwas über die Hitze und ging in sein Häuschen zurück, um den Morgenkaffee zu kochen. An Großmutters Grab war es wie immer, nur erzählten wir ihr diesmal etwas geraffter als üblich, was seit unserem letzten Besuch passiert war. Auf dem Weg zur Gneisenaustraße, wo wir auf die 2 warten mußten, war nur von alltäglichen Dingen die Rede. Ich war enttäuscht, daß außer Gepäck und Uniform nichts anders war als sonst, daß die Freude nur matt in mir glimmte. Sie wurde ganz gelöscht, als ich Großvaters ständig wachsende Furcht bemerkte.

6

Am Bahnhof packte ihn vollends die Angst vor Verfolgern. Er glaubte, daß man hinter ihm her wäre, um ihn in das Heim zu sperren. Als ein Förster mit einem grünen Hut und Lodenmantel zu uns ins Abteil stieg, begann Großvater zu zittern. Je länger ich den Mann anstarrte, desto sicherer erkannte auch ich hinter dem falschen Schnurrbart das Gesicht eines der Männer vom Vortag. Von den Landschaften, die wir durchfuhren, sah ich kaum etwas. Wir sprachen kein Wort. Der Förster schlief, als wir ausstiegen, und wir hatten das Gefühl, ihn überlistet zu haben.
Bei der hohen Pappel müsse von dem zum Dorf führenden Fahrweg ein Pfad abzweigen, meinte Großvater, als wir auf dem sandigen Bahnsteig standen und mißtrauisch die Leute, die mit uns ausgestiegen waren, an uns vorbeiließen. Aber es gab keine Pappel weit und breit, dafür aber viele Fahrwege, die sich von einer Rampe aus in alle Richtungen verzweigten. Lastwagen zogen Staubwolken hinter sich her. Der Himmel war wolkenlos, aber die Hitze breitete Schleier vor die große Sonne. Hinter dem Dorf, von dem man nur ein paar flimmernde Dächer und den gedrungenen Kirchturm sah, stand der Wald wie eine niedrige, schwarze Mauer.
In einem der tiefausgefahrenen Wagengeleise umgingen wir das Dorf. Obwohl wir sehr schwitzten und das Atmen in der gnadenlosen Hitze immer schwerer wurde, spürte ich jetzt wieder einen Hauch der erwarteten Freude. Großvaters Aufforderungen, mich nach etwaigen Verfolgern umzusehen, wurden seltener. Ich beschrieb ihm die erkennbaren Häuser des Dorfes, aber er, reagierte nicht darauf. Als einzelne Stämme und Wipfel sich aus der dichten Wand des Waldes zu lösen begannen, blieb Großvater stehen, hob die Nase und lächelte. Er roch den Wald.

Der Weg stieg kaum merklich an, er wurde sandiger, das silbergraue Korn daneben kleiner und spärlicher. Vor dem Wald bogen die Fahrspuren nach links ab. Ich ließ Großvater los und rannte über eine von Katzenpfötchen übersäte Brache auf den Wald zu. »Fodozoon!« schrie ich triumphierend, als ich den Tornister in das knisternde Moos fallen ließ. Keuchend und kichernd trippelte Großvater mir nach.
Wir rasteten nicht so lange, wie wir uns vorgenommen hatten. Das Wandern auf festem Waldboden lockte, die Erwartung, unsere Teiche zu sehen und ihre kühle Luft zu atmen, vertrieb jede Müdigkeit. An den steiler werdenden Höhenzügen, die wir überquerten, konnte Großvater sich orientieren. Ich sang ihm alle Lieder vor, die ich kannte. Gegen Mittag erreichten wir einen lichten Hang, von dem aus die Wellentäler der unendlichen Wälder zu übersehen waren. Großvater behauptete, daß man von dieser Stelle aus bei klarer Luft die hellere Färbung der Laubbäume im Tal der Prinzessin erkennen könnte. Es war aber mit der Mittagshitze auch der Dunst stärker geworden, der alle Farbunterschiede weißlich flimmernd ineinander verschmolz. Die schwache Staubwolke, die einige Minuten über den Wald zog und dann verging, war so unwirklich, daß ich sie Großvater verschwieg und auch selbst bald vergaß.
Sie kam mir erst wieder in den Sinn, als wir unversehens einen durch den Wald geschlagenen Weg mit frischen Autospuren kreuzten, über dem sich an Masten befestigte Drähte hinzogen. Großvater erschrak, als er den Abdruck der Profilreifen unter den Füßen spürte, dann aber begann er zu kichern. Die Vorstellung, daß Menschen hier vorbeifuhren, ohne von unserem Paradies hinter dem übernächsten Waldhügel zu wissen, machte ihm Spaß. Ich bemühte mich vergeblich, die Freude festzuhalten und die aufsteigende Angst zu bekämpfen.
Der Wald blieb, wie er war, trocken, nichts als Kiefern und Sand, braune Nadeln am Boden, knackende Äste, unbewegte, heiße, nach Harz duftende Luft. Die Erinnerung an den Weg und die Autos, die Masten und Drähte verging, war aber spürbar als schwache, ungewisse Furcht, die dann plötzlich in der nächsten Senke riesenhaft anschwoll, Kopf und Glieder lähmte, als wir vor dem Zaun standen.

Betonpfähle, höher als Großvater, hielten weitmaschigen Draht; darauf gesetzt waren nach außen geneigte Eisenstangen, zwischen denen sich in fünf gleichlaufenden Linien Stacheldraht spannte. Innen lief ein kaum sichtbarer Trampelpfad entlang, nicht breiter als ein Wildwechsel, sonst war der Wald unberührt, soweit wir sehen konnten.
Wir lehnten am Zaun, die Hände in die Maschen gekrallt, plötzlich müde und zu Tode erschöpft, hungrige Häftlinge, die teuflisch genarrt waren. Hatte ich das nicht schon einmal geträumt, das Gitter vor der Freiheit, oder gedacht, wenn ich »Fedezeen« nicht ausgesprochen hatte?
Großvater keuchte und stöhnte, als bliebe der Atem ihm weg; er hing an dem Zaun, wie vom Starkstrom festgehalten, dann stieß er sich zurück, fiel wieder nach vorn und riß an dem Draht. Und dann lief er los, an den Betonpfählen entlang. Ich hob Großmutters Hutschachtel auf und rannte ihm nach.
Der Zaun zog sich in grausamer Gleichförmigkeit dahin, bergauf, bergab durch unseren Wald; alle paar hundert Meter bog er stumpfwinklig nach innen ab. Die Sonne, die vorher rechts vor uns gestanden hatte, wanderte nach links hinüber. Der Wald veränderte sich; Grasbüschel, Farnkraut und Blaubeerstauden bedeckten den Boden, krüpplige Eichen wuchsen zwischen den Kiefernstämmen. Ein Kahlschlag öffnete sich. Einer der fallenden Bäume hatte den Zaun halb umgerissen. Wir kletterten hinüber, Großvater blutete an der Hand, ich am Knie. Hutschachtel und Tornister ließ ich fallen. Wir liefen einen Hang hinauf. Dahinter mußten unsere Teiche liegen. Oben brachen wir durch dichtes Gebüsch und sahen hinunter.
Einige der mächtigen Eichen, Erlen und Ulmen standen noch. Ihre weitausladenden Äste überragten einen Bunker, auf dessen flaches Dach Büsche und junge Bäume gepflanzt waren. Auf der anderen Seite des einstigen Tales waren gelbe Sandberge aufgeschüttet. Großvater brach, ohne einen Laut von sich zu geben, zusammen. Ich kniete mich neben ihn und schob trockenes Laub unter seinen Kopf. Wortlos bewegten sich seine Lippen.
Ich erschrak kaum, als ich die Schaftstiefel eines Soldaten neben mir sah. Was wir hier suchten, wollte er wissen.

»Unsere Teiche«, sagte ich.
»Die Sumpflöcher sind zugeschüttet«, sagte der Soldat. »Und ihr müßt verschwinden!«
Da hob der Großvater mühsam den Kopf und sagte: »Tauschütt? Jih hebben sie tauschütt, die schöne Prinzeß!« Er ließ den Kopf wieder fallen. Das Laub raschelte ein wenig. Er schloß die Augen und öffnete sie auch nicht, als die Soldaten ihn wegtrugen. Auch beim Verhör in der Baracke sagte er nichts. Die Soldaten lachten, als ich Großvaters Namen sagte. Ich sah nur Koppelschlösser, die mich kalt anstarrten, aber ich bin sicher, daß sie auch grinsten, als ich von der Fidizinstraße sprach.
Großvater sagte nur noch einmal etwas, bevor dieses furchtbare Zucken in sein Gesicht kam. Er sagte: »Ik komm all!« Er sagte es leise; Großmutter in ihrem weißen Papierhemd hörte es wohl auch so.

Stallschreiberstraße 45

Auf den paar Quadratmetern freigelegter Erde steht Janke mit ernster Miene und hebt die Hand, so, daß er die rauhe, kalkbestaubte Innenfläche sieht, krümmt die Finger leicht, bis ihre Spitzen einander berühren, öffnet sie gleichmäßig wieder, erreicht nach einigen Korrekturen, daß die Fingerspitzen einen Kreis markieren, der einen Durchmesser von fünf bis sechs Zentimetern hat, dreht die Hand, ohne die Stellung der Finger zu ändern, nach unten, geht in die Knie, drückt die Fingerspitzen in die Erde, nicht tief, nur bis zu den Nagelwurzeln etwa, richtet sich auf, greift in die Hosentasche, nimmt eine Handvoll Bohnen heraus, geht wieder in die Knie, legt die Bohnen in die durch den Fingerabdruck entstandenen Vertiefungen, jede einzeln in ein Loch, bedeckt die Bohnen mit Erde, steht wieder auf, besieht sich sein Werk, wiederholt das dreimal, zählt die restlichen Bohnen, eins, zwei, drei, vier, fünf, sechs, sieben, schließt die Hand, sieht zu der Frau hinüber, starrt auf ihre Bluse, ihre Lippen und schließlich über sie hinweg auf den Mann, der sich aus der Richtung Friedrichstraße nähert.
Hinter der Bordschwellenmauer, die Jankes Beete begrenzt, hockt die Frau auf der Erde, sammelt mit beiden Händen Pflastersteine und Mörtelbrocken in einen löchrigen Ledereimer, spreizt manchmal die Finger, harkt Ziegelsplitter zusammen, tut gar nicht erst so, als bemerke sie Jankes Blicke nicht, hebt sofort den Kopf, sieht Janke an, nickt, als er die Hand mit den Bohnen öffnet, lächelt zu ihm hoch, als er die paar Schritte auf sie zukommt und nur noch die niedrige Umzäumung zwischen ihnen ist, sammelt aber weiter dabei, Holzstücke, Steine, Glasscherben, Kabelstücke, sagt aber nichts, wartet, daß er endlich zu reden beginnt.
Da, wo einmal die Stallschreiberstraße gewesen ist, geht der Mann durch die Trümmerwüste, langsam, ein Bündel Stangen auf der Schulter, bleibt manchmal stehen, sieht nach unten, nach vorn, zurück, und geht dann weiter in Richtung

Moritzplatz, genau auf Janke zu. Wenn die Häuser noch stehen würden, könnte man ihn nicht sehen; jetzt sieht man den Kopf und die Schultern; wie von einer Schnur gezogen rutschen sie auf den halbhohen, geborstenen Mauern entlang.
Janke läßt die Bohnen in der hohlen Hand klappern und beginnt zu reden. Daß da so viel Erde unter war! Fünfzig Jahre lang waren immer nur Steine da und Asphalt, Straße, Trottoir, Vorderhaus, erster Hof, Hinterhaus, zweiter Hof, zweites Hinterhaus, alles nur Steine, Ziegelsteine, kleine Pflastersteine, große Pflastersteine, Rinnsteine, und Asphalt, manchmal Eisen auch, die Gullis, die Hydrantendeckel, die Teppichstange, Blechschilder, Betteln und Hausieren verboten, Deutsche Feuersozietät. Und jetzt merkt man plötzlich, daß da immer Erde unter war, richtige Erde, in der man die Frau begraben kann und die Kinder, wo Melde wachsen kann und Disteln und Birken und Tomaten, Obstbäume sogar, die sogar gut, die lieben Kalk, und der ist genug drin, durch den Schutt. Einen Boskoop hat er schon in Aussicht für den Herbst. Aber der allein nutzt nicht viel. Andere Sorten müssen in der Nähe stehen, da der Boskoop sich nicht selbst befruchten kann. Aber zum Glück sind auch Laubenkolonien zerbombt, in Hohenschönhausen, in Lichtenrade oder Baumschulenweg. In zehn bis zwölf Jahren spätestens kann man mit annehmbaren Ernten rechnen.
Da sagt die Frau zum erstenmal etwas. Mein Gott, sagt sie und steht auf.
Der Mann mit den Stangen murmelt einen Gruß und will wissen, wer die Rinnsteine hier rausgewuchtet hat. Anscheinend hat er noch nie was von Luftminen gehört. Er stellt die Stangen an einen Mauerrest, zieht ein Bandmaß aus der Tasche, legt das Ende an eine Rinnsteinkante, die noch am rechten Fleck liegt, beschwert es mit einem Mauerbrocken und geht auf die Alexandrinenecke zu, wo der Straßenverlauf wieder erkennbar wird. Das Band rollt aus der Trommel und schlängelt sich über Geröllhügel und Treppenreste, über Eisenträger, Badewannenteile und quer durch Jankes Bohnenbeet.
So ein Gitter vom U-Bahn-Schacht eignet sich gut zum Durchsieben der Erde, sagt Janke. Er hat eines in seinem Wohnkeller, da vorn gleich, wo der Schornstein noch steht.

Er hat es mal gebraucht, als der Keller voll Wasser stand. Jetzt ist es trocken bei ihm, ganz trocken. Und der Keller ist groß, viel zu groß für ihn allein. Überhaupt sind die Keller hier noch alle in Ordnung, bis zur Charlotten- und Schützenstraße runter. Wenn man Pferdemist kriegte, könnte man Champignons züchten. Das wäre ein Geschäft. Hoffentlich kommt der Frost nicht zu früh dies Jahr, damit die Bohnen noch werden. Gottseidank liegt genug Holz rum in den Trümmern.
Die Frau fragt, ob der Keller auch gut heizbar ist, und steigt über die Steine in Jankes Garten, um sich zeigen zu lassen, wo der Boskoop stehen soll. Am besten pflanzt man die anderen bei ihr, da und da und da. So groß kann der Boskoop werden. Vielleicht sogar noch ein bißchen größer. Ja, das ist der mit der rauhen Schale. Hält sich bis zum Frühjahr, wenn man ihn richtig lagert.
Der Mann hat die Trommel genau an der Ecke Alexandrinenstraße hingelegt, geht neben dem Band zurück zu seinen Stangen, nimmt eine auf, greift sich einen Ziegelstein und schlägt die Stange in Jankes Beet.
Stangenbohnen sind das aber nicht!
Die muß hier stehen bleiben!
Und warum, wenn man fragen darf?
Damit man weiß, daß die Kartoffeln im Bezirk Mitte und die Kohlrabi in Kreuzberg stehen.
Janke zuckt die Achseln: Sorgen haben die! Schön wäre, wenn man Gravensteiner und Goldparmänen kriegte. Oder Ontario oder einen Edelborsdorfer. Und die Bohnen läßt man wohl am besten beieinander.
Und während die Frau ein bißchen Erde von den Rüben wegkratzt, um zu sehen, wie groß sie schon sind, hebt Janke die Hand, krümmt die Finger, bis die Spitzen einen Kreis markieren, drückt sie in den Boden, legt die glatten, glänzenden Bohnen in die Vertiefungen und bedeckt sie mit Erde.

Hochzeit in Weltzow

1

Dick bin ich schon als Kind gewesen und bin es trotz Krieg, Kummer und Arbeit noch heute. An Spott und Mitleid hat es mir deshalb nie gefehlt, wohl aber oft an Brot und Suppe, die ich nicht gekriegt habe, weil ich so blendend aussah. Und das war manchmal schlimm in den üblen Zeiten, bevor ich nach Weltzow kam.

Weltzow ist ein Dorf im Havelland, ziemlich genau in der Mitte zwischen Rathenow, Brandenburg und Nauen, am Rande des Luchs gelegen, und ich bin Willi Wälter aus Berlin, der dort unter etwas seltsamen Umständen seinen Hochzeitstag erlebte. Wie Weltzow und ich miteinander in Berührung kamen, will ich kurz erzählen, um dann so schnell wie möglich zu den Feierlichkeiten überzugehen.

Geboren bin ich im vierten Stock eines Hinterhauses. Mein Vater war Bierkutscher und auch – ich weiß nicht, ob deshalb – ziemlich dick. Er arbeitete für die Kindl-Brauerei am Kreuzberg, und ich erinnere mich noch genau an schöne Sommertage, an denen ich an der Hand meiner Mutter auf der Freitreppe im Viktoria-Park stand und darauf wartete, daß mein Vater mit Hü-hott und Peitschenknall den schweren Wagen aus dem Tor hinauskutschierte. Die Hufe der mähnenfrisierten, klobigen Brauereipferde knallten auf das bucklige Kopfsteinpflaster, daß die Funken stoben; Vater schwenkte zur Begrüßung die Peitsche über dem Kopf, und ich schrie vor Begeisterung hallo und hurra und wünschte mir nichts sehnlicher, als auch einmal so auf dem Bierkutschbock sitzen zu können.

Dazu kam es aber nicht. Vater schickte mich, kurz bevor er in den Krieg ging, aus dem er nicht zurückkam, zu einem Schuster in die Lehre. Das war das Gegenteil von dem, was ich wollte und was gut für mich war. Ich haßte Ahle, Leder und Hammer und wurde auf meinem Schemel immer fetter. Ich

sehnte mich nach freier Luft und Bewegung, und da mein Vater, der das nie erlaubt hätte, nicht mehr da war, meldete ich mich in meiner kindlichen Schusterahnungslosigkeit freiwillig zu den Panzern.
Es geschah mir nur recht, daß sie mich tatsächlich auch nahmen. Von meinen Kriegserlebnissen will ich hier nichts erzählen; schon zu viele taten es vor mir. Wichtig ist, daß ich aus dem Krieg etwas klüger herauskam, als ich hineingegangen war; wesentlich dünner war ich durch ihn nicht geworden. Das brachte mir die Ehre, in der Gefangenschaft ständig als Beweis für gute Lagerverpflegung vorgeführt zu werden, und den Kummer, später unterwegs bei den Bauern nie rechtes Mitleid zu erregen. Im Sommer des Jahres fünfundvierzig bekam ich endlich, was ich mir auf meinem Schusterschemel immer gewünscht hatte: frische Luft und Bewegung. Das Tor im Stacheldraht wurde aufgemacht, und ich hatte meine Freiheit. Sonst besaß ich freilich nichts und hätte auch nichts zu meinem Glück gebraucht als ein nicht zu kleines Stück Brot pro Tag. Das brauchte ich aber unbedingt und mußte es also erbetteln. Dabei habe ich schon meine ersten Erfahrungen mit Dorfleuten gesammelt, ehe ich nach Weltzow kam.
Das begann mit Paul Koppel, der sich mir im Lager angeschlossen hatte, vielleicht, weil seine Statur meiner ähnlich war, und der nun mit mir zusammen die bayrischen Landstraßen ablief, um sein Heimatdorf in Franken zu erreichen. Im zivilen Leben war er Großbauer, zweieinhalbmal so alt wie ich und doppelt so schwer und nur durch eine unglückselige Verkettung von Umständen zum Barras gekommen. Mit Hilfe von Würsten war es ihm gelungen, im April des Jahres noch einmal auf Urlaub zu fahren. Beladen mit Konserven und Speckseiten, war er gerade wieder bei seiner Einheit angekommen, als diese sich geordnet in Gefangenschaft begab, wo niemand sich um sein Gepäck kümmerte. Da er die Fähigkeit hatte, Verhungernden beim Sterben trostreiche Worte zu sagen, ohne an seine nahrhaften Schätze zu denken, und auch zu sparen verstand, besaß er am Ende der Gefangenschaft noch einen Rucksack und zwei große Wäschebeutel mit Leberwurst-, Schweinefleisch- und Schmalzbüchsen, Speckseiten und Dauerwürsten. Ich half ihm natürlich tra-

gen, als wir das Lagertor hinter uns hatten, und durfte dafür am Abend mein erbetteltes Brot hauchdünn mit Schmalz bestreichen. Meine Hinweise auf Würste und Speckseiten beantwortete er mit der Redensart, daß die Zeiten zwar schlecht seien, aber noch viel schlechter werden könnten, im übrigen aber, wenn wir seinen Hof erreicht hätten und alles in Ordnung sei, das Prassen richtig anheben würde. Seinen Hof erreichten wir, und in Ordnung war auch alles, aber ich durfte in der Scheune schlafen, wie ein Pferd schuften und bekam weiterhin nur Schmalzbrote, bis ich mich eines Nachts ohne Abschied und mit einem Schinken davonmachte.
Die anderen Erfahrungen mit Dorfleuten machte ich unterwegs beim Betteln. Die reichen Bauern hatten selber nichts, ließen einen stundenlang Holz hacken und gaben dafür einen ausgetrockneten Kanten, der sonst in die Schweinetonne gewandert wäre; die kleinen aber und die Tagelöhner, die kratzten noch ihr letztes Schmalz aus dem Steintopf, brieten ein paar Kartoffeln und gaben Ziegenmilch dazu. Und als ich dann auf meinem Weg nach Berlin die grüne Grenze durchschlichen hatte, traf ich in einem Bahnhofswartesaal im Magdeburgischen, wo ich die Nacht verbrachte, einen neuen Tippel-Kumpel, der auch vom Dorf war, und zwar aus Weltzow im Havelland. Der hieß Hans Gräber, teilte seine letzten Tabakkrümel mit mir und war vor seiner Soldatenzeit nicht Großbauer, sondern Kutscher bei einem Großbauern gewesen, was mir meiner Erfahrungen wegen von vornherein besser gefiel. Schließlich war mein Vater auch Bierkutscher und nicht Brauereibesitzer gewesen.
Wir waren nur ein paar Tage zusammen. In dem Städtchen Brandenburg trennten wir uns wieder, weil er zu seiner Frau nach Weltzow wollte und ich zu meiner Mutter nach Berlin. Aber als ich dort ankam, fand ich an Stelle unseres Hauses nur einen Trümmerhaufen vor. Auf einem Mauerbrocken stand geschrieben: Fritz, wir sind in Thüringen bei Tante Emma! Aber das galt mir nicht, denn ich heiße ja Willi.
Über meine Mutter konnte ich nichts erfahren. Ich schluckte meine Tränen hinunter, während ich durch die staubigen Straßen ging, die mir der Trümmer wegen jetzt fremd vorkamen. Später, als ich mit vielen anderen Leuten, die genauso zerrissen und viel magerer aussahen als ich, im Görlitzer

Bahnhof übernachtete, wurde mir erst bewußt, daß ich nun ein Waisenknabe von zwanzig Jahren war, und ich weinte mich in den Schlaf. Am Morgen aber machte ich mich auf den Weg nach Weltzow im Havelland, weil Gräber beim Abschied noch gesagt hatte: »Willi, wenn in Berlin nichts mehr ist, komm nach Weltzow, da verhungerst du nicht!« Und das war ja erst einmal das wichtigste.

2

Da erzählt wurde, daß täglich einmal ein Zug von Wannsee nach Brandenburg und weiter fahren sollte, verbrachte ich dort die nächste Nacht und noch eine, da unglücklicherweise Sonntag war und aus diesem oder einem anderen Grunde der tägliche Zug nicht verkehrte. Dort machte ich Erfahrungen, die mir später in Weltzow auch zugute kommen sollten.

Als ich nämlich, noch immer nur mit meiner Freiheit beladen, zwischen den auf Rucksäcken, Teppichen und Handwagen sitzenden Leuten umherspazierte, bat mich eine Frau, ihr bei der Montierung eines Staubsaugers zu helfen, den sie in auseinandergenommenem Zustand geerbt hatte und nun gegen Zwiebeln, Kartoffeln oder Speck einzutauschen gedachte. Ich brachte ihn so zusammen, daß die paar Teilchen, die übrigblieben, unbemerkt in meiner Hosentasche verschwinden konnten, und bekam von ihr dafür bestes alliiertes Weißbrot. Wir kamen uns näher, und in der zweiten Nacht lehrte sie mich in der dunkelsten Ecke des Bahnhofsbunkers allerlei von dem, was ihrem Gatten, wie sie vorwurfsvoll sagte, in meinem Alter längst vertraut gewesen war. Ich half ihr noch den Staubsauger auf den Bahnsteig bringen, aber als es hell wurde und der Zug einlief, verlor ich mich im Gewühl. Ich hatte das Gefühl, daß sie nicht zufrieden mit mir gewesen war.

Ich bekam einen schönen Außenplatz auf einem Trittbrettende, und am Nachmittag waren wir schon in Brandenburg, von wo aus ich gemeinsam mit Hunderten von Rucksackmenschen sofort den Marsch nach Norden antrat. Über bewaldete Hügel und an Seen vorbei ging es, und wäre ich nicht so entsetzlich hungrig gewesen, hätte ich bestimmt Spaß daran gehabt. In jedem Dorf, das wir passierten, blieben welche zurück, und bald wanderte ich allein, nun durch das wiesengrüne und von Gräben durchzogene Luch. Rechts von mir und geradeaus war die Gegend flach wie ein Tisch; nur einzelne Bäume oder Baumgruppen unterbrachen die Eintönigkeit. Genau vor mir war ein spitzer Kirchturm zu sehen; dort mußte ich hin auf der schnurgeraden Chaussee. Die Sonne hatte sich links von mir schon hinter den bewaldeten Hügeln versteckt, so daß es ein eigenartiges bleiches Licht gab und die dürftigen Apfelbäume am Straßenrand keine Schatten mehr warfen. Ich hatte nichts in meinem weiträumigen Bauch und wunde Füße, und Weltzow mit seinem spitzen Türmchen war noch weit und ich so mutterseelenallein auf dieser weiten, flachen Welt; viel hätte nicht gefehlt, und ich hätte mich in den Straßengraben gesetzt und zu heulen begonnen. Aber da ertönte plötzlich Pferdegetrappel hinter mir, und als ich mich umdrehte und zurücksah, kam eine offene Kutsche angefahren mit einem edlen Pferd davor. Ohne viel zu überlegen, hob ich die Hand und winkte. Die Kutsche hielt, und der kleine, sehnige Mann auf dem Bock fragte: »Wohin?« – »Nach Weltzow!« rief ich, und als er mit dem Daumen nach hinten wies, sprang ich so behende, wie es mir möglich war, in die Kutsche hinein, und weiter ging die Fahrt.

Die Sitze waren himmlisch gepolstert. Mir gegenüber saßen zwei stattliche Damen in wundervollen hellen Kostümen und weißen Hütchen. Die ältere war groß und fett, die junge nicht kleiner, aber stämmig wie ein Möbelträger. Beide hatten breite Münder mit rot angemalten Lippen und einen Bartwuchs, der stärker war als meiner.

Ich sagte artig »Guten Abend« und hätte sogar meine Mütze abgenommen, wenn ich eine gehabt hätte. So fuhr ich mir nur mit gespreizten Fingern durch die schon lange nicht geschnittenen Haare und sah, um den Blicken der Frauen zu entgehen, auf die vorbeifliegenden Apfelbäume und Telegrafenstangen.

Die Kutsche hatte zwar keine Gummibereifung, war aber wunderbar gefedert, so daß jede Unebenheit der Straße ausgeglichen wurde und man in den weichen Polstern, die wohl von einem Auto stammten, sanft wie in einem 1.-Klasse-

D-Zug-Abteil fuhr. Das war eine angenehmere Art zu reisen als die mir bisher bekannte, und wenn die Damen nicht gewesen wären, hätte ich mich so wohl gefühlt wie selten in meinem Leben und vor lauter Freude sicher zu pfeifen begonnen. Die beiden starrten mich ungeniert an, und weil mich das ärgerte, sah ich sie schließlich gleichfalls an. Die Alte machte sich nichts daraus, aber die Junge guckte weg. Aber wenn ich woanders hinsah, merkte ich, daß ihre Augen wieder an mir hingen. Da sah ich dann wieder zu ihr hin und sie wieder weg. Und so ging es einige Male, bis es mir zu bunt wurde und ich wieder ganz zur Seite sah auf die Wiesen und Wassergräben. Aber dann fiel mir ein, daß sie sich vielleicht gerne mit mir unterhalten wollten, nur zu fein waren, um anzufangen, und ich als Mann das Gespräch eröffnen mußte, und das tat ich denn auch und sagte: »Ein schöner Abend, nicht wahr?«

Aber damit war die Unterhaltung auch wieder zu Ende; die Alte nickte nur mit dem Kopf, und die Junge begann zu kichern. Sie holte ein spitzenbehäkeltes Tüchlein aus ihrer Handtasche und tat so, als ob sie sich ihre breite Nase putzen müßte, aber ich sah genau, daß sie damit bloß ihr blödes Kichern verdecken wollte. Dabei war sie so jung auch nicht mehr, mindestens vierundzwanzig oder dreiundzwanzig.

So ging es also ohne Unterhaltung weiter, was mir letzten Endes auch am liebsten war. Aber dann beugte sich der Mann vom Kutschbock zu mir herunter und fragte: »Hamstern?«

»Nein!« rief ich zu ihm hinauf. »Worin denn? In den Hosentaschen vielleicht?«

Da fing die Junge wieder an zu kichern, und der Mann lachte, aber nur so lange, bis er sah, daß die Alte ihr griesgrämiges Gesicht beibehielt. Da hörte er auf, setzte sich wieder gerade und sah nach vorn. Aber die Neugier ließ ihm doch keine Ruhe, und er beugte sich wieder runter und frage: »Verwandte in Weltzow?«

»Ja«, sagte ich, »ein paar Kinder!«

Da verzog sogar die Alte ihren Mund zu einem Grinsen, worauf auch der Mann lachte.

Aber dann erzählte ich ihnen, wo ich herkam und daß ich einige Zeit in Weltzow bleiben wollte, wenn es mir gefiele, und sie beugten sich alle zu mir, weil jedes Wort sie anscheinend interessierte. Dabei konnte ich ein bißchen in die Ausschnitte der Damen sehen, was ich wiederum, wenigstens bei der jüngeren, so interessant fand, daß ich in den nächsten Tagen öfter mal daran zurückdachte. Sie wollten auch den Namen meines Freundes wissen, und als ich ihn sagte, schnaubte die Alte ärgerlich durch die Nase und zog ihren Mund schief. Das gefiel mir nicht besonders, aber ich sagte nichts dazu und dachte mir mein Teil.

»Du bist ja ganz gut über den Krieg gekommen«, sagte der Mann darauf, »wenns dir weiter so gut gehen soll, komm zu mir, ich brauche kräftige Leute.«

Ich sagte, obwohl mich die junge Dame gespannt ansah, nicht ja und nicht nein, da ich mich nicht festlegen wollte, bevor ich mit Hans Gräber gesprochen und die Lage erkundet hatte.

Wir rollten inzwischen auch schon über das Kopfsteinpflaster von Weltzow, Hühner und Gänse zur Seite scheuchend. Die Kinder, die am Dorfteich im Schlamm umherwateten, machten Diener, die Frauen blieben stehen und sahen uns nach, und die Männer tippten mit der Hand an den Mützenschirm zur Begrüßung. Die beiden Damen saßen jetzt wieder steif und sahen nicht nach rechts und nicht nach links, ich aber konnte nicht an mich halten vor Freude, stand auf, winkte allen Leuten zu und hoffte, daß mein Freund Hans sehen würde, wie ich so herrschaftlich in sein Heimatdorf einfuhr.

Die Dorfstraße war breit und vom Sonntag her noch reinlich gefegt; rechts und links standen prächtige alte Linden, und genau vor uns ragte der Kirchturm aus den Baumkronen des Friedhofs hervor. Die Häuser standen alle mit der Breitseite zur Straße und hatten in der Mitte Türen, zu denen weißgescheuerte Steinstufen hinaufführten. Die Luft roch nach Stroh und Kuhstall und war viel wärmer als draußen im Luch.

Ganz plötzlich bremste der Wagen. Ich fiel nach vorn, mit dem Kopf an den weichen Busen der Alten, die etwas sagte, das wie »Miststück« klang. Die Junge kicherte wieder, der Mann aber sagte: »Hier ist die Bürgermeisterei, kannst dich gleich anmelden. Morgen machen wir das andere klar!« Dabei knallte er mit der Peitsche, und die Kutsche ruckte an. Ich

sprang hinaus und fiel der Länge und Breite nach in den Staub des Sommerweges, einigen lachenden Burschen genau vor die Füße.
»Wer war das eigentlich?« fragte ich, mußte aber, da die Burschen nicht aufhören konnten über mich zu lachen, lange warten, ehe ich erfuhr, daß ich mit Bauer Dickopp nebst Frau und Tochter in der Kutsche gesessen hatte.
Ich sagte »Aha!« und hatte keine Ahnung, wie nahe ich dieser Familie einmal kommen würde.

3

Wie meine Ankunft in Weltzow schien auch alles andere gut zu gehen. Meinen Freund Hans Gräber und seine Frau traf ich gesund und fröhlich in einer geräumigen Wohnung. Er war jetzt Lehrer im Ort, da der alte sich im Mai aufgehängt hatte und ein neuer sich nicht sehen ließ. Nun konnte Hans, dem das Spaß machte, lesen und studieren nach Herzenslust und seine Weisheiten den Kindern beibringen. Und weil es ihm auch Spaß machte, mich zu belehren, hörte ich immer gern zu an den Abenden, an denen ich bei ihm saß. Das war vor allem im Winter, wenn der Frost die Luchgräben bis zum Grund zufrieren ließ, die Füchse sich am hellichten Tage bis auf die Dorfstraße wagten und es in der torfgeheizten Stube bei Gräbers mollig warm war. Dann saß seine Frau am Kachelofen und strickte Socken und Pullover aus Bindegarn; der eisige Ostwind, der im Luch in Fahrt gekommen war, heulte ums Haus und riß an den Fensterläden; Hans las aus einem seiner vielen Bücher vor, und ich lag auf dem Sofa, dachte an allerlei Eßbares und war mir darüber klar, daß der Frieden eine schöne Sache ist.
Am Tage arbeitete ich natürlich, aber nicht bei Dickopp, von dem mir Hans abgeraten hatte, sondern bei Brunzel, der ein bißchen Landwirtschaft mit Pferdezucht betrieb, in erster Linie aber Gastwirt war. Er trug seinen Bart wie Kaiser Wilhelm, war schon etwas wacklig auf den zähen Beinen und konnte nur von zwei Sachen reden: von der guten alten Zeit und von den Russen, die ihm einen Trakehner Zuchthengst weggenommen und ein Panjepferd dafür dagelassen hatten.

Er war seit Jahren Witwer. Das Haus und die Gastwirtschaft versorgte seine Tochter, die bei ihrer Heirat den Namen Leidenfrost mitbekommen hatte, der haargenau zu ihr paßte. Sie war dürr wie der Tod, ging von morgens bis abends, im Sommer und im Winter mit vergrämtem Gesicht umher, trug immer dicke Wolltücher um den Oberkörper gewickelt und sah so verfroren aus, daß den Gästen selbst im Hochsommer das kalte Bier nicht bekam. Ihr Mann war vermißt, aber obwohl mir das sehr leid tat, mußte ich immer denken, daß er, wenn er wiederkäme, doch nicht viel Freude an ihr haben könnte.

Außerdem gehörte zum Haushalt noch ein zehnjähriger Junge, der Hadlaub hieß und aus Berlin stammte. Er war vor drei Jahren zur Erholung hergebracht und nie wieder abgeholt worden. In der ersten Zeit hatte noch jemand Geld geschickt, dann hatte die NS-Volkswohlfahrt für ihn bezahlt, und seitdem es die nicht mehr gab, fiel er ganz der Familie Brunzel-Leidenfrost zur Last. Am Tage war Hadlaub ein stilles Kind, aber nachts rumorte er mächtig, warf sich von einer Seite auf die andere und strampelte so, daß ich im hochbeinigen Bett unter der prallgefüllten Federdecke neben ihm nie recht zur Ruhe kam. Aber er hatte es auch nicht leicht, denn mein Körper füllte das Bett reichlich, und so manches Mal, wenn ich mich im Schlaf von der Seite auf den Rücken legte, erwachte er auf dem Fußboden, der allerdings immer gut gescheuert war.

Angenehme Nächte waren das nicht, und jedesmal, wenn ich morgens zerschlagen erwachte, nahm ich mir vor, der Chefin den Vorschlag zu machen, Hadlaub in das leerstehende Ehebett ihres Mannes zu verfrachten, aber ich wagte es nie; denn das Bett war heilig, und selbst Brunzel mußte, seitdem in das andere Zimmer Umsiedler gesteckt worden waren, auf dem zerschlissenen Sofa in der Gaststube schlafen. Weiterhin mißfiel mir, daß die im Winter eiskalte Kammer nur durch das Schlafzimmer Frau Leidenfrosts zu erreichen war. Oft, wenn ich abends von Gräber kam oder mit den Jungen an der Friedhofsecke gequatscht hatte, kam ich gerade dazu, wenn Frau Leidenfrost ihre Tageswollkleidung ablegte und in ihre Nachtwollsachen kroch, und dann gab es jedesmal solch ein Geschrei, daß die Gäste in der Wirtsstube unten erschraken und annahmen, ich wollte der Frau was antun. Und wenn ich beim Ausschank hatte helfen müssen und Frau Leidenfrost mit ihrer wattierten Nachtmütze schon schlief, stolperte ich im Dunkeln regelmäßig über irgendwelche Tücher, Hausschuhe oder Nachtgeschirre, riß Stühle um oder verursachte anderen Lärm. Aber dafür hatte ich am Tage ziemlich leichte Arbeit, bekam gutes Essen und pünktlich meinen Lohn, was bei den Bauern in dieser Zeit selten war. Brunzel und Frau Leidenfrost behandelten mich wie einen richtigen Menschen, nicht wie einen Hungerleider, den sie aus Mitleid aufgenommen hatten.

Meine freien Abende, die ich nicht bei Gräbers verbrachte, verplauderte ich mit den Dorfjungen. Wir trafen uns nach Feierabend an der Friedhofsecke, standen da stundenlang umher oder liefen die Dorfstraße auf und ab, erzählten uns den Ärger und den Spaß des Tages, alberten rum, flachsten Mädchen an und besprachen natürlich den Dorfklatsch. Ich war ohne Übertreibung bald der Mittelpunkt der Clique; denn die anderen waren fast alle jünger, und ich hatte mehr erlebt und konnte auch besser erzählen. Mir machte das Spaß, die Jungen amüsierten sich köstlich, und ich lernte dabei alle Leute des Dorfes kennen, denn über jeden, der vorbeiging oder sonstwie erwähnt wurde, gab es ausführliches Gerede, besonders natürlich über Frauen und Mädchen.

Mir fiel bald auf, daß Bauernsöhne selten in unserer Runde standen. Der eine oder andere kam mal einen Abend, blieb aber bald wieder weg, weil er merkte, daß er störte. Es waren zum Teil feine Kerle darunter, aber wenn sie dabei waren, konnten die anderen, die fast alle bei Bauern arbeiteten, nicht frei von der Leber weg erzählen, weil es doch meist um den Ärger mit ihren Chefs ging.

Meine Kenntnis der Dorfbewohner kam mir sehr zugute, wenn ich – meist nur Freitag, Sonnabend oder Sonntag – in der Gaststube helfen mußte. Da konnte ich dann, wenn ich zu einem Hellen eingeladen wurde und mit den Männern am Tisch saß, auch ein Wörtchen mitreden über die Antreiberei bei Dickopp, die Ehezwiste bei Wenzels oder die wechselnden Liebschaften der Müllerstochter. Ich bekam auch bald heraus, wer wessen Feind war und weshalb, und konnte mich im Gespräch darauf einstellen. Ich suchte mit niemandem Streit und blieb immer gelassen, nur bei zwei Sachen nicht: wenn sie über Gräber schimpften oder wenn die Bauern ihre Arbeiter schlechtmachten. Das konnte ich nicht vertragen, denn Hans Gräber war mein Freund, und die Arbeiter bekamen durch die Bank so wenig Geld und so mäßig Deputat, daß, wenn sie nur von morgens bis mittags gearbeitet hätten, es auch noch genug dafür gewesen wäre.

Die Bauern kamen übrigens später, als die Politik eine immer größere Rolle im Dorf spielte, nicht mehr so oft in Brunzels Kneipe. Es gab dann bei uns zwei Parteien, die CDU und die SED, und Brunzel wußte nicht, zu welcher er sich schlagen sollte. Ich riet ihm, auf die SED zu tippen; denn erstens war ich das Hans, der da im Vorstand saß, schuldig, und zweitens war mir nach der Bodenreform – die übrigens in Weltzow nichts verändert hatte, da Dickopp, der größte Bauer, genau 399 Morgen hatte und so nicht mehr unter die Bestimmung fiel – klargeworden, daß das die Partei war, die was zu sagen hatte; und wer mehr zu sagen hat, macht mehr Versammlungen, und wer mehr Versammlungen macht, säuft mehr. So trat Brunzel also in die SED ein, was zur Folge hatte, daß er meinen Lohn, der noch immer unter dem Tarif gelegen hatte, erhöhte und viele Bauern nicht mehr zu ihm, sondern zum Gastwirt Hase gingen, der in die CDU eingetreten war.

Aber das ist erst im Jahre sechsundvierzig gewesen, in dem dann alle die für mich so aufregenden Erlebnisse lagen, von denen ich in den nächsten Kapiteln erzählen will. Vorher aber muß ich noch nachholen, was früher passierte, und zwar am ersten Tag nach meiner Ankunft im Dorf.

Ich war an dem Abend, nachdem ich, aus Dickopps Kutsche fallend, Bekanntschaft mit dem Straßenstaub von Weltzow gemacht hatte, sofort zu Hans Gräber gegangen und hatte mich erst am nächsten Vormittag angemeldet. Vor der Tür der Bürgermeisterei stellten gerade ein katholischer Priester und eine um und um in schwarze Gewänder gehüllte Nonne ihre schwerbepackten Fahrräder ab. Weil ich allen Leuten gern eine Freundlichkeit antue, besonders wenn ich in guter Stimmung bin wie an diesem Morgen, an dem ich nach langer Zeit mal wieder wunderbar gefrühstückt hatte, begrüßte ich die beiden mit einem fröhlichen »Grüß Gott!«, wie

ich es bei meinen Betteleien in Bayern gelernt hatte. Sie grüßten freundlich wieder, und ich ließ dem Priester den Vortritt.
Drin stritten sich zwei Bauern mit der Gemeindesekretärin und dem Bürgermeister um Fragen der Kornablieferung. Als die Bauern mit lautem Türknallen den Raum verlassen hatten, wandte sich die Sekretärin an mich. Ich aber wies auf den Priester, der sich nun danach erkundigte, ob inzwischen weitere Umsiedler katholischen Glaubens eingetroffen seien, denen er neben seelischem Beistand eines seiner vom Caritas-Verband zur Verteilung kommenden Care-Pakete überreichen könnte.
Während die Sekretärin ihm die Namen einiger Familien aufschrieb, erzählte ich dem Bürgermeister, was ich hier wollte, und er gab mir ein Anmeldeformular, mit dem ich mich an ein Ecktischchen setzte. Da fragte der Priester, der alles mitgehört hatte, ob ich auch katholisch sei. Ich dachte an das Care-Paket und sagte, ohne zu überlegen, ja. Ich mußte gleich mit rausgehen, die Nonne nahm eines ihrer Päckchen vom Fahrrad, ich sagte »Vergelts Gott!«, versprach, am Sonntag um drei Uhr nachmittags in der Kirche zu sein, und als ich wieder in der Bürgermeisterei vor dem Tischchen saß, schrieb ich, ohne zu zögern, in den Fragebogen, daß ich katholischen Glaubens sei.
So war ich also an einem schönen Sommervormittag ohne Taufe katholisch geworden. In dem Paket waren feine Sachen drin, die ich Gräbers, die mich in den ersten Tagen ernährten, mit Freude überreichte. In die Kirche ging ich dann aus Dankbarkeit natürlich auch. Alle vier Wochen hielt der Priester Messe, und ab und zu brachte er amerikanische Schokolade, Haferflocken, Schmalzbüchsen oder so etwas mit. Aber das bekamen nur noch die, die in der Kirche waren. Manchmal, wenn ich sonntags mit den Jungen ins Nachbardorf ging oder wir uns mit Mädchen verabredet hatten, schwänzte ich auch, aber dann hatte ich nicht nur ein schlechtes Gewissen, sondern auch das Gefühl, etwas zu versäumen.
So vergingen der milde Herbst und der strenge Winter, und es begann der Frühling, der mein Leben in so ganz andere Bahnen lenken sollte.

4

An einem meiner freien Sonntage Ende März – ich brauchte weder zu melken noch zu füttern – schlief ich lange, weil am Abend vorher Tanz gewesen war. Ich erwachte davon, daß Hadlaub beim Hinausgehen die Kammertür zuknallte; er war nachts wieder zweimal aus dem Bett gefallen.
Ich rief ihm »Nun mal sachte!« nach und legte mich noch einmal bequem hin. Draußen war ein sonniger Morgen mit Hühnergegacker und Vogelgezwitscher. Von meinem Bett aus konnte ich über dem Scheunendach ein Stückchen Himmel sehen. Ich sah den Wölkchen nach und dachte dabei an meine Mutter, von der ich noch immer nichts gehört hatte, an meine Wandertage im Vorjahr und an das, was ich mir damals immer gewünscht hatte: ein Federbett, gutes Essen und ein ruhiges Leben. Das hatte ich jetzt, aber schon zu lange, und es gefiel mir nicht mehr recht. Ich wollte endlich mal ein Bett und ein Zimmer für mich allein haben, wollte nicht immer das Theater mit Frau Leidenfrost ausstehen müssen, wollte auch während der Arbeit mal mit anderen Leuten zusammen sein, kurz, ich wollte mich irgendwie verändern. Zu einem dieser Bauern, die einen bis auf letzte ausnutzten, wollte ich aber auch nicht. Um nach Rathenow oder Brandenburg zur Arbeit in die Fabrik zu fahren, fehlte mir ein Fahrrad, und außerdem hatte ich dazu schon gar keine Lust, denn für freie Luft und Bewegung war ich noch immer. Und dann fielen mir die Mädchen ein. Ich hätte gern eins gehabt, auf das man sich den ganzen Tag freuen kann, mit dem man sonntags spazierengeht und das einem die Knöpfe annäht, ohne dabei solch ein grämliches Gesicht zu machen wie Frau Leidenfrost. Auch ans Heiraten dachte ich; schließlich war ich einundzwanzig und herumgekommen im Leben. Eine Wohnung wäre dann auch zu kriegen, man würde Herr im Hause, ein paar Hühner- und Gänseküken würde die Leidenfrost abgeben, vielleicht sogar eine Ziege dazu, ein bißchen gespart hatte ich, und alte Möbel gab es schon für ein paar Kartoffeln. Nur die Frau dazu fehlte, und die richtige zu kriegen war so einfach nicht. Es gab einige im Dorf, die mir gefielen, aber die waren schon vergeben oder unerreichbar. Die Bauerntöchter guckten unsereinen nicht an, und Schönes

gab es an mir schließlich auch nicht zu sehen. Schlimm war, daß jede Annäherung vom ganzen Dorf beobachtet wurde. Die Jungen standen immer in Haufen umher, die Mädchen gingen in kichernden Scharen, und wenn sich einer auf eine spezialisierte, schied er aus der Clique aus und »ging mit ihr«. Wenn das nichts wurde, gab es Tratsch, und das konnte sich ein Mädchen nicht leisten. Es gab ja welche, die gingen mal mit dem und mal mit jenem, aber solche wollte ich auch nicht.

Müllers Ulla war so eine. Die hatte ich mal an der Bahnstation getroffen beim Kornabliefern und sie auf dem leeren Wagen nach Weltzow mitgenommen. Als sie sich über meine Schüchternheit nicht beruhigen konnte, hatte ich sie geküßt, worauf sie mich für Sonnabend nacht eingeladen hatte. Vom Luch her sollte ich in die Scheune und dann über den Hof ins Haus schleichen. Aber als ich am Freitagabend Gaststubendienst hatte, begannen ein paar Burschen, die zuviel getrunken hatten, Anspielungen auf mein kommendes Liebesglück zu machen. Ulla hatte nämlich ihre Eroberung schon im Dorf ausposaunt. Als ich dann noch erfuhr, daß fast alle Männer des Dorfes dieses Glück schon vor mir genossen hatten, verzichtete ich lieber. Anders war die Geschichte mit einer blonden Gudrun aus dem Nachbardorf ausgegangen. Die hatte ich beim Tanz kennengelernt und sie nach Hause gebracht, ohne sie nur einmal anzurühren. Es war bitter kalt, und der Wind pfiff eisig über das schneebedeckte Luch. Trotz kalter Füße standen wir noch lange vor ihrer Hoftür, und ich sagte ihr, wie sehr ich sie liebte. Sie sagte gar nichts, sondern fing an zu weinen. Und dann gab sie mir einen Kuß und rannte schnell in den Hof, wo die Hunde zu bellen anfingen. Danach ging ich sonntags oft in ihr Dorf hinüber, aber ich sah sie nie, bis sie nach Wochen einmal bei Brunzel zu einem Vergnügen erschien, aber nicht allein. Ich servierte, und sie sah mich traurig und mitleidig an. Sie hatte sich kurze Zeit vorher mit einem Lehrer verlobt. In dieser Nacht heulte ich wie ein Schloßhund, so daß Hadlaub aufwachte und mich zu trösten versuchte. Aber das half natürlich genausowenig wie meine Sonntagmorgengrübeleien im Bett. Und so stand ich unlustig auf, fuhr in meine feldgraue Hose, noch immer meine einzige, nahm ein frisches Hemd, das mir Frau Leiden-

frost von einem Berliner für ein paar Pfund Kartoffeln eingetauscht hatte, unter den Arm und ging hinunter, um mich an der Pumpe zu waschen.
Als ich mit nacktem Oberkörper auf dem Hof erschien, begann die Chefin aus dem Küchenfenster heraus zu schimpfen. Sie bekam angeblich Gänsehaut, wenn sie unbekleidetes Männerfleisch sah. Ich war das gewohnt und machte mir nichts draus, im Gegenteil, ich wußte, daß ich danach immer eine Sonderportion bekam. So war es auch heute. Sie legte mir stillschweigend drei gekochte Eier auf das Stullenbrett und setzte sich zu mir, um mir beim Essen zuzusehen. Mit dem griesgrämigsten Gesicht der Welt sagte sie mir, daß ich in dem neuen Hemd wie ein feiner Herr aussähe. Das alles, und auch weil die Sonne so freundlich auf den Tisch schien und die Messer und Schüsseln zum Glitzern brachte, versetzte mich wieder in gute Laune, und ich erzählte, während ich mit vollen Backen kaute, der Frau von den Neuigkeiten des gestrigen Vergnügens. Besonders interessierten sie natürlich die neuesten Liebesaffären, und ich konnte, wie ich wohl schon sagte, gut erzählen.
Da ging die Tür auf, Gräber kam herein und setzte sich zu mir. Frau Leidenfrost, die zu allen jungen Männern nett war, goß auch ihm eine Tasse Gerstenkaffee ein, wickelte sich fester in ihre Wolltücher und ging in die Küche, aus der es schon nach Mittagsbraten roch.
»Hör mal zu, Willi, ich brauche dich«, sagte Hans. Es handelte sich um folgendes: Nach Ostern sollte ein zweiter Lehrer ins Dorf kommen. Es war aber seit jeher nur ein Klassenraum vorhanden. Hans hatte nun das größte Zimmer seiner Dienstwohnung als Klassenraum zur Verfügung gestellt. Das mußte aber erst renoviert werden, und vor allem mußten Tische und Stühle hinein. Die sollten von den Leuten gespendet werden. Ein Aushang an der Bürgermeisterei hatte nichts genutzt, ein Aufruf in der Bauernversammlung auch nicht. Nun sollten welche zu den Bauern ins Haus gehen, das half erfahrungsgemäß am besten.
»Drei Genossen sind wir schon, nimm du den vierten Abschnitt. Du kennst alle und bist beliebt. Wenn dich die Schule nicht interessiert, tu es wenigstens für mich!«
Wenn mir die Sache auch nicht angenehm war, sagte ich doch

zu. Ich ließ mir noch einmal genau erklären, was alles gebraucht wurde, und ging nach dem Mittagessen gleich los.
Ich hatte die fünf Bauern zu bearbeiten, die zwischen der Kirche und der Rathenower Chaussee wohnten. Der letzte Hof, direkt an der Chaussee, war der von Dickopp.
Bei Lehmann traf ich nur den Sohn an, der mir erzählte, daß die Eltern bei Verwandten in Berlin seien. Das wußten ich und das halbe Dorf besser; Lehmann schob in großem Stil und war nach Berlin gefahren, um seine Geschäfte zu regeln. Beim Gatz traf ich nur die Großmutter an, die mich zum Kaffee einlud und mir vertrauensvoll erzählte, daß ihre Schwiegertochter nach Rathenow wäre, wo sie einen Freund hätte; aber ihr Sohn wäre heute hinterher und würde sie wohl erwischen. Ich war so empört, daß sie mir drei Stühle und einen Sessel für den Lehrer versprach. Brüggemann hatte gerade geschlafen, war also noch bärbeißiger als sonst und schmiß mich einfach raus. Aber dann bekam er doch noch Angst und schrie mir aus dem Fenster nach, der Lehrer sollte selbst kommen und nicht solch vollgefressenes Gesindel schicken, dann ließe er mit sich reden. Hase war neu im Dorf, er hatte erst vor ein paar Monaten eingeheiratet. Er ließ sich die Situation ausführlich erklären, fragte, warum ein Lehrer nicht genügte, und verwickelte mich in ein Gespräch über Sinn oder Unsinn besserer Schulbildung für das Landvolk, wie er immer sagte. Wir gerieten in ein hitziges Gespräch, das uns beiden Spaß machte; nur wußten wir schließlich nicht mehr, wer zu Anfang wofür gewesen war. Zum Schluß versicherte er mir, daß er Farbe oder Tapete auf dem Tauschweg beschaffen und, wenn er seinen Besitz erst einmal richtig überblickt habe, alle Möbel, die übrig seien, der Schule stiften werde.
Da ich das Gefühl hatte, in der Diskussion meinen Mann gestanden zu haben, ging ich mit etwas weniger ängstlichen Gefühlen zu Dickopps hinüber. Daß die zwar reich, aber doch immerhin nur Bauern waren und nicht so feine Leute, wie ich zuerst in der Kutsche angenommen hatte, wußte ich ja schon längst, aber trotzdem war mir unheimlich zumute, weil ich doch das Angebot damals abgelehnt hatte. Er war mir auch noch immer böse, erwiderte nur mürrisch meinen Gruß und hatte sich schon mehrmals, wie ich hintenherum erfahren hatte, in schlechter Weise über mich geäußert. Er

hatte den Jungen, der bei ihm arbeitete – Arthur hieß er und wohnte mit seiner Mutter auf Dickopps Hof –, auch schon vor dem Umgang mit mir gewarnt, aber der kümmerte sich natürlich nicht darum. Ein komisches Gefühl war es schon, zu dem ins Haus zu gehen und ihn um etwas zu bitten.

Inzwischen war ich schon vor der Haustür angelangt – denn sonntags geht man nicht über den Hof von hinten, sondern vorn über die Stufen ins Haus –, und aus dem Fenster neben der Tür lehnte Elvira Dickopp, die Tochter, der ich nach der Kutschenfahrt immer ausgewichen war.

»Na, Willi, willst du uns besuchen?« fragte sie und wurde rot dabei, was mir aber erst später auffiel, als ich wieder draußen auf der dämmrigen Dorfstraße war und mir die Geschichte noch einmal durch den Kopf gehen ließ.

»Jawohl, das will ich«, sagte ich wichtig. »In Schulangelegenheiten.«

Damit ergriff ich die Türklinke, fuhr mir mit der anderen Hand noch einmal schnell über die Haare und ging hinein. Im Flur war es noch winterkalt und dunkel. Rechts ging die Tür auf, Elvira faßte mich am Arm und sagte: »Komm, hier herein geht es!«

Sie war allein in der guten Stube. Wir saßen uns an dem schwarzen Tisch auf lederbezogenen Stühlen gegenüber, und ich erzählte ihr, warum ich ihren Vater sprechen wollte. Während ich noch redete, stand sie auf, machte das Fenster zu und zog die Stores vor, so daß es schummerig wurde. Während sie das tat und ich erzählte, guckte ich sie noch einmal genau an. Sie trug eine kurzärmelige, weiße Bluse und einen dunkelblauen Faltenrock, der knapp bis zu den Knien reichte. Ihre Arme und Beine waren derb wie auch ihr Gesicht, aber nicht fett. Sie überragte mich wohl um Kopfeslänge, alles an ihr schien etwas groß geraten, auch die Nase, der Mund, die Brust und das Hinterteil, aber deshalb paßte auch alles zusammen, und sie gab eine ganz ansehnliche Figur ab.

Sie setzte sich wieder, aber diesmal mit übereinandergeschlagenen Beinen, auf das grüne Sofa unter das Ölbild und erzählte, daß ihre Eltern nach Brandenburg gefahren wären zu Verwandten und sie allein im Hause wäre. Sie fragte dann, wie es mir in Weltzow gefiele, ob es in der Stadt nicht interessanter wäre, auch wegen der Mädchen und so. Dann klatschten wir ein bißchen über die Dorfbewohner, und ich konnte ihr dabei vieles erzählen, was sie noch nicht wußte. Dann wollte ich gehen, aber sie sagte, sie wollte Kaffee kochen und hätte Schmalzkuchen, selbstgebackene, die müßte ich kosten. Sie ging in die Küche, und ich sah mir das Kristall, das Porzellan und das Silber in der Vitrine an und die Bilder an den Wänden mit ihren schweren, vergoldeten Rahmen, und mir wurde ganz warm ums Herz bei dem Gedanken, daß auch ich einmal Besitzer einer guten Stube sein könnte, in der man am Sonntagnachmittag Gäste empfängt und bei Kaffee und Kuchen mit ihnen plaudert.

Bald duftete es nach Bohnenkaffee und Schmalzkuchen. Ich hielt mich tüchtig ran und lobte die Kuchen, was Elvira wiederum freute.

»So etwas Gutes habe ich noch nicht gegessen bisher«, sagte ich wahrheitsgemäß, »aber wenn ich öfter so was hätte, würde ich bald noch fetter werden!«

So schlimm wäre es doch nicht, meinte sie, im Gegenteil, sie fände mich viel schöner und männlicher als die dürren Bohnenstangen, an denen nichts dran wäre. Sie sah mich dabei so von oben bis unten an, daß mir kribblig im Leib wurde. Sie könnte davon essen, soviel sie wollte, Fett setze sie nicht an.

»Alles Knochen und festes Fleisch«, sagte sie. »Hier, fühl mal!« Und sie streckte mir ihren bloßen Arm hin. Ich stand auf, ging zu ihr hin und drückte ihren Oberarm, der wirklich sehr fest war. Dann ging ich zu meinem Stuhl hinter dem breiten Tisch zurück.

»Ja«, sagte ich, »wirklich nur festes Fleisch. Schön.«

»So wabbeliges Fleisch wie andere habe ich am ganzen Körper nicht, nirgends!«

»Ja, das glaube ich«, sagte ich und mußte mich räuspern.

»Du kannst ja auch hier mal anfassen«, sagte sie stolz und ganz bei der Sache, »wenn du es nicht glaubst. Ist ja nichts Schlimmes, bloß damit du siehst, daß es wirklich überall ganz fest ist und nicht so wabbelig wie bei manchen anderen.« Dabei schob sie ihren Faltenrock etwas hoch, gerade so viel, daß ein kleines Stückchen vom Strumpfhalter zu sehen war.

Ich stand also noch einmal auf und fand tatsächlich, daß auch dort ihr Fleisch fest und gar nicht wabbelig war, und da ich annahm, daß noch mehr zu begutachten sein würde, blieb ich gleich auf dem Sofa neben ihr sitzen. Aber sie wollte nur wissen, wie es mit mir bestellt sei, und ich hielt ihr alles hin, und sie fand es wunderbar, worauf ich ein paar charmante Worte über die Farbe ihrer Augen sagte. Dann küßte ich sie, und sie ließ sich nach hintenüber sinken, und im Laufe der Zeit konnte ich feststellen, daß sie wirklich am ganzen Körper eine so glatte Haut und so festes Fleisch hatte wie an den Armen und Beinen. Und wenn die Schmalzkuchen nicht so geduftet hätten, wäre sicher noch mehr passiert.
Wir legten also eine Essenspause ein, und Elvira sagte: »Du schmust auch so gerne, nicht wahr? Und du machst es schön. Der blöde Hans-Jürgen von Lehmanns, den ich heiraten soll, ist träge wie ein nasser Sack. Ich glaube, so sind die Dürren alle.«
Das hörte ich natürlich gern und nahm sie wieder in die Arme. Sie aber fragte mich flüsternd: »Willst du dir nicht mal mein Zimmer ansehen?«
Natürlich wollte ich das. Wir gingen umschlungen die schmale Treppe hinauf in Elviras Jungmädchenkammer, in der nur ein Stuhl, ein Schrank und ein Bett standen, auf das wir gleich fielen. Elvira drückte mich mit ihren starken Armen so an ihre Brust, daß mir der Atem wegblieb, und keuchte ganz mächtig dabei. Mir wurde angst und bange.
Da hörten wir plötzlich Hufschlag und Rädergerassel. Elvira gab mich frei. Wir stürzten zum Fenster und sahen auf den Hof hinunter, wo die Alten aus der Kutsche stiegen.
Elvira packte mich mit schmerzhaftem Griff am Arm und zerrte mich die Treppe hinunter. Durch den dunklen Flur kam ich auf die Straße.
»Morgen, wenn es dunkel ist, am Pfuhl im Rosengarten«, flüsterte sie noch, dann schloß sie die Tür.
Es war, Gott sei Dank, schon dämmrig und kein Mensch in der Nähe. So konnte ich mich etwas erholen und mein Hemd wieder in die Hosen stecken, bevor ich den Weg zu Brunzels Gasthof einschlug. Es war Zeit zum Abendessen.

5

Unverhofft kommt oft, sagt man, und so war ich von einem Tag auf den anderen zum Liebhaber der reichsten Bauerntochter von Weltzow geworden.

Natürlich sagten wir keinem Menschen was davon; sie aus Angst vor ihren Eltern, ich, um nicht von den Jungen wegen der drei Jahre älteren und einen Kopf größeren Liebsten verspottet zu werden. Warum ich Hans Gräber nichts erzählte, ist schwerer zu erklären. Ich hatte so ein Gefühl, wie es mein Vater vielleicht gehabt hätte, wenn seine Arbeitskollegen gesehen hätten, daß er mit der Tochter des Brauereibesitzers poussierte.

Aber wegen dieses Gefühls mit Elvira Schluß machen, konnte ich natürlich nicht. Dazu war alles zu schön und zu einträglich. Denn sie brachte mir, wenn wir uns zwei- bis dreimal wöchentlich trafen, immer etwas mit: eine Tüte mit Schmalzkuchen, amerikanische Zigaretten, gegen Kartoffeln eingetauscht, eine gebrauchte, aber noch gute Hose und anderes mehr.

Leider hatten wir immer wenig Zeit, da Elvira nie lange von zu Hause wegbleiben konnte, nie ein Dach über dem Kopf und ständig kühles und regnerisches Wetter, das die Pferdekoppel, die sich betrügerisch Rosengarten nannte, zu keinem angenehmen Aufenthalt machte. Hinlegen konnten wir uns niemals, und wer mit Koppelzäunen Erfahrung hat, weiß, daß große Leistungen auf ihnen nicht zu erzielen sind.

Das war nichts Halbes und nichts Ganzes, und nach einiger Zeit begann ich mich schon nach meinem ruhigen Leben zurückzusehnen. Manchmal ertappte ich mich auch bei dem Gedanken, dieser Geheimniskrämerei so oder so ein Ende zu machen.

Hinzu kam die Eifersucht. Elvira war mit dem langen Hans-Jürgen Lehmann so gut wie verlobt. Für die Eltern und für das Dorf war es eine beschlossene Sache, daß die beiden heiraten würden. Zwar versicherte mir Elvira, daß nichts Richtiges zwischen ihnen sei, aber erstens glaubte ich das nicht, und zweitens war es kein angenehmes Gefühl, die beiden offiziell miteinander gehen zu sehen, während ich in der Schar der noch ungebundenen Burschen stehen und hinterherguk-

ken mußte, obgleich ich doch der war, der es besser mit ihr konnte. Nein, ungetrübt war diese Zeit der jungen Liebe ganz und gar nicht, aber verglichen mit dem, was nachher kam, war sie als ausgesprochen rosig zu bezeichnen.
Am 1. Mai wurde in Weltzow eine Demonstration durchgeführt, an der sich das ganze Dorf – bis auf Pastor Johannes Hurtig – beteiligte. Die Bauern stellten Gespanne und blumengeschmückte Wagen, auf denen ihre weißgekleideten Töchter saßen, vornweg aber marschierte Hans Gräber mit einem Pappschild, auf das der Spruch »Alles Brot für das Volk – weg mit Schiebern und Spekulanten!« gemalt war.
Am Tag zuvor war der alte Lehmann nämlich, seiner Schiebungen wegen, verhaftet worden. Das hatte den Bauern Schreck eingejagt, den Arbeitern aber hatte es Mut gemacht, gegen ihre Chefs in Lohn- und Deputatangelegenheiten aufzutreten. Am Abend vor Beginn der Tanzveranstaltung sollte in Brunzels Lokal jemand aus Rathenow über Lehmanns Verhaftung sprechen.
Es war ein sonniger Tag. Die Luft über dem Luch flimmerte vor Hitze. Die Mädchen hatten Sommerkleider an, die Männer trugen ihre Jacketts über dem Arm und krempelten die Hemdsärmel hoch. Gleich nach der Mittagszeit begann das Kinderfest mit Sackhüpfen, Eierlaufen und Topfschlagen, dann das Preiskegeln und das Hahnenreiten, das allerdings mit Fahrrädern ausgeführt wurde, da der Pferdebestand der Bauern arg zusammengeschmolzen war. Ich beteiligte mich gar nicht erst, um nicht zum Gespött der Leute zu werden. Ich guckte eine Zeitlang zu, wie die Burschen versuchten, den hölzernen Hahn im Vorbeifahren von seinem Gewinde zu drehen, sah dann aber Elvira mit ihrem Lehmann kommen und verzog mich nach Hause, wo ich Brunzel beim Ausschank half, obwohl ich erst ab zwanzig Uhr Dienst hatte. Frau Leidenfrost, wie immer in Wolltücher gewickelt und der vielen nackten Männerarme wegen von Gänsehaut geschüttelt, rief mich in die Küche, wo sie mir ein reichliches Abendbrot zurechtgemacht hatte.
»Heute wird sicher viel spendiert, und eine gute Unterlage muß sein!« sagte sie und sah zu, wie ich die Teller leerte.
Frau Leidenfrosts Vorsorge war notwendig, denn es war zu erwarten, daß das ganze Dorf erscheinen würde, um den

Mann vom Gericht sprechen zu hören. Und wer erst einmal da war, ging nicht so schnell wieder weg. Die Weltzower Bauern waren keine regelmäßigen Kneipengänger oder Trinker; wenn sie aber mal anfingen bei festlichen Gelegenheiten, dann fanden sie kein Ende. Zwar wurde in unserer Gegend die Flasche Schnaps damals mit etwa hundert Mark gehandelt, aber gegen Kartoffeln oder Eier war sie für die meisten, auch für die Arbeiter und Handwerker, verhältnismäßig billig zu haben, abgesehen davon, daß viele schwarz brannten. Zum Tanz brachte man sich seine Flaschen selber mit oder kaufte sie bei Brunzel, der fleißig zu Schwarzmarktpreisen ausschenkte. Und freigebig waren sie dann alle bei solchen Gelegenheiten.

Während der Mann aus Rathenow sprach, war es mäuschenstill im überfüllten Saal. Dann wetterte Gräber gegen die Schieber los. Ich klatschte natürlich wie verrückt, als er Schluß machte. Dann rang sich der Bürgermeister ein paar Sätze ab, wünschte allen »für den weiteren Verlauf des Abends ein gutes Amüsement«, und dann wurden die Stühle an der Wand in drei Reihen aufgestellt, und die Kapelle begann zu spielen. Zuerst tranken alle von unserem dünnen Bier, und ich mußte schweißüberströmt hin und her sausen. Aber je später es wurde, desto mehr Schnapsflaschen kamen zum Vorschein und ich zur Ruhe.

»He, dicker Willi, trink mal einen mit!« wurde jetzt oft gerufen, und es dauerte nicht lange, bis ich von oben bis unten mit scharfem Fusel gefüllt war.

Elvira saß in der Gaststube neben dem Saaleingang, ihr gegenüber der Sohn vom Schmied mit seiner Braut, neben ihr Lehmann, der bei der Rede bleich, jetzt aber vom Saufen knallrot geworden war. Wenn ich an der Theke stand, sah sie immer verstohlen zu mir herüber, und wenn ich vorbeiging, setzte sie sich so, daß ich mit der Hand ihren Arm streifen konnte.

»Wie gefällt dir die kleine Dickopp?« fragte mich Frau Leidenfrost mit harmlosem Gesicht. »Die Alte ersäuft dich in der Jauchengrube, wenn du dich an sie ranmachst. Die ist dem Lehmann versprochen für ein paar Hektar Wiese im Buckower Luch.«

Meine Chefin hatte sich völlig verändert. Sie trug ihr Haar,

das sonst immer unter einem Wolltuch versteckt war, heute offen. Sie hatte auch schon eine Menge getrunken und rosige Backen davon bekommen.
»Sieh mal!« Sie faßte mich am Arm und zeigte mit der anderen Hand zu Elviras Tisch hinüber. »Jetzt fühlt er, was er an ihr hat!«
Elvira und Hans-Jürgen hatten die Köpfe zusammengesteckt, und er hatte seinen Arm so um ihre Schultern gelegt, daß seine Hand auf ihrer Brust lag. Sie flüsterten miteinander. Dann lachte sie schallend. In mir bohrte die Eifersucht.
»Frau Leidenfrost«, fragte ich, »es ist doch nicht mehr viel zu tun, kann ich nicht auch mal tanzen?«
»Ja«, sagte sie zögernd. »Tanzt du auch mal mit mir?«
»Natürlich«, sagte ich überrascht.
»Bediene du mal einen Moment, Willi, ich bin gleich wieder da!« Sie bahnte sich einen Weg durch die grölende Menge und kam nach fünf Minuten wieder. Sie hatte zum ersten Mal, seit ich sie kannte, ihre Wolltücher abgewickelt und trug nun eine weiße Bluse. Sie lächelte verlegen, als ich sie ansah, und wurde vom Hals bis zur Stirn rot wie eine Erdbeere.
Aber der Lange hatte noch immer seine Hand da liegen, wo eigentlich meine hingehörte. Ich ging schnurstracks zu Elvira hin und forderte sie zum Tanz auf.
»Bist du verrückt?« fauchte sie, als wir die ersten Takte getanzt hatten. »Meine Eltern sitzen dahinten in der Ecke!« Ich drückte sie fest an mich, so daß ich ihre Brust an meinen Schultern spürte, und sagte zu ihr hinauf: »Ist mir ganz schnuppe. Ich kann nicht mit ansehen, wie das lange Elend dich abknutscht!«
»Du bist ja eifersüchtig!« lachte sie, drückte meinen Arm und streifte mit den Lippen meine Stirn. Das fiel nicht auf im Gewühl der lachenden und singenden Paare. Wir hatten beide viel getrunken und vergaßen völlig, daß wir uns nicht kennen durften. Der Tanz und Elviras Körper machten mich wirbelig im Kopf. »Ich gehe nachher mal raus«, sagte ich, als ich sie zu ihrem Platz zurückbrachte. Sie nickte, lachte und kniff mich in den Arm.
Ich ging unsicher und stieß dauernd – breit genug war ich ja – an Tischkanten, Stühle oder Frau Leidenfrost an. Die kicherte dann vor sich hin, und ich lachte wie blöd ohne Grund. Ich

sang, wenn ich mich mit den Gläsern in der Hand durch die Tanzenden drängte, laut die Schlager mit und rief allen Leuten was zu. Einmal faßte ich aus lauter Übermut meine Chefin um, da wurde sie schlaff und weich in meinen Armen, und ich hatte Mühe, sie wieder loszuwerden.

»Und wann tanzt du mit mir?«

»Gleich«, sagte ich, nickte Elvira unauffällig zu und ging zur Tür. Aber dabei stieß ich auf Dickopp, der mich umarmte und mir lallend erzählte, daß er nicht mehr böse auf mich wäre, da wir doch schließlich alle eine große Familie wären und zusammenhalten müßten. Zum Glück zerrte seine Frau ihn wieder an den Tisch, und ich konnte hinaus auf den dunklen Flur. Ich stellte mich rechts hinter die Tür, vor die Treppe zu den oberen Zimmern, und wartete. Ständig gingen Leute raus und rein, aber ich war nicht zu sehen für sie.

Schließlich kam Elvira. Ich packte sie beim Arm und zog sie in den Winkel. Sie schrie leise auf, dann lagen wir uns in den Armen. Aber bald kriegte sie Angst.

»Wenn uns jemand sieht!«

»Komm, wir setzen uns auf die Treppe!«

Kaum saßen wir, kam jemand aus der Gaststube auf die Treppe zu. Ich erkannte Brunzel an dem schlurfenden Schritt. Wir flüchteten die Treppe hinauf, und als Brunzel auch hochkam, in Frau Leidenfrosts Schlafzimmer. Hier war es heller als auf Flur und Treppe, aber trotzdem stolperte ich über ein am Boden liegendes Wolltuch, fiel aber glücklicherweise auf einen Berg von Kleidungsstücken, die Frau Leidenfrost wohl beim Umziehen aus dem Schrank geworfen hatte. Brunzel schlurfte vorbei in die Besenkammer. Ich stand vorsichtig auf und setzte mich mit der zitternden Elvira auf Leidenfrosts Bett. Ich streichelte sie, bis sie aufhörte zu zittern. Bald schlurfte Brunzel wieder vorbei, wir aber gaben unseren günstigen Platz nicht auf. Hadlaub hatte sicher einen festen Schlaf, da er allein im Bett liegen konnte.

»Du zerreißt mir das Kleid«, flüsterte Elvira. »Warte, ich ziehe es aus.«

»Wie das verdammte Bett knarrt!« schimpfte ich. »Komm, wir setzen uns auf den Kleiderhaufen, der macht keinen Krach!«

Gerade hatte ich den Mechanismus eines wichtigen Ver-

schlusses begriffen, da flammte plötzlich das Deckenlicht auf, und ein ohrenzerreißender Schrei ertönte. Ich sah die Leidenfrost einen Schritt nach dem Bett hin tun, etwas an sich reißen und hinausrennen. Die Tür knallte zu. Der Schlüssel wurde im Schloß herumgedreht. Dann hörten wir die Frau die Treppe hinunterhasten.
Ich lief zum Fenster und sah auf die Straße. Dort hinunterzuspringen wäre Selbstmord gewesen. Ich drehte mich um und rannte zu meiner Kammer. Aber da ging die Tür auf, und Hadlaub erschien, sich die Augen reibend. Im viel zu großen Nachthemd stand er da und starrte auf das Mädchen im rosa Unterrock, das auf einem Wäscheberg saß. Elvira begann zu schluchzen.
Aus dem Saal unter uns ertönte entsetzlicher Lärm. Der Fußboden bebte, die Lampe begann hin und her zu pendeln. Die Musik, die die ganze Zeit über gehämmert hatte, brach ab, und dann begann ein Laufen und Schreien, ein Trampeln und Tosen im Flur und auf der Treppe. Ich warf Elvira ein Wolltuch zu und stellte mich in möglichst lässiger Haltung, die Hände in den Hosentaschen, ans Fenster. Aber zittern tat ich doch ein bißchen. Die Tür wurde aufgerissen, und herein stürzte, Zornesröte im Gesicht, Frau Leidenfrost, Elviras Kleid wie eine Fahne schwingend, dann Herr und Frau Dikkopp mit wutverzerrten Gesichtern. Dahinter drängte sich Kopf an Kopf die skandalsüchtige Menge.
Für Sekunden starrten alle auf Elvira, die mit angezogenen Knien, das Wolltuch um sich geschlungen, auf der Wäsche saß und den Kopf gesenkt hielt. Dann brannten ihre Blicke auf mir, endlich schwenkten sie um zu Hadlaub, der noch immer nicht ganz munter war.
Ich aber sah der alten Dickopp fest in die Augen und sagte: »Ich habe mich soeben mit Elvira verlobt!« und ging auf die noch erstarrt Dastehende zu, legte ihr die Arme um den dikken Hals und sagte: »Ich bin so glücklich, Schwiegermama!«

6

Etwa acht Wochen später, an einem brutheißen Sonntagnachmittag, lag ich auf dem Bett in Elviras Kammer und döste vor mich hin. Ein Schwarm Fliegen brummte um die Lampe, vom Stall her ließ ab und zu ein Schwein sein träges Grunzen hören, und Elvira klapperte unten mit Tellern. Sie hatte mich eben verlassen, weil die Liebe ihr Appetit auf Schmalzkuchen gemacht hatte. Gleich würde sie von der Treppe her schreien: »Willi, der Kaffee ist fertig!« Und dann würden wir in der guten Stube sitzen und von der Hochzeit reden.

Seit sechs Wochen waren wir verlobt, und die Hochzeit war auf den 7. August festgelegt. Was sie und ich und jeder andere für unmöglich gehalten hätte, hatte Frau Leidenfrost in ihrem Zorn erreicht. Da das halbe Dorf Zeuge von Elviras Fehltritt geworden war, hatten ihre Eltern gute Miene zum bösen Spiel machen müssen. Hinzugekommen war freilich, daß das Heiratsgeschäft mit dem langen Lehmann nach der Verhaftung seines Vaters zu einer etwas unsicheren Sache geworden war, da eine Enteignung im Bereich des Möglichen lag.

Dickopp hatte sich schnell mit seinem zukünftigen Schwiegersohn abgefunden, da er alles von der praktischen Seite her sah. Mit unserer Verlobung und meinem Umzug in sein Haus hatte er eine Arbeitskraft dazubekommen. Ich war kräftig geworden in den letzten Monaten, hatte bei Brunzel allerhand Landwirtschaftliches gelernt und arbeitete, da ich zur Familie gehörte, ohne Lohn. Dickopp hatte seit jeher viel geschuftet und freute sich, jetzt jemanden zu haben, von dem er mit vollem Recht das gleiche verlangen konnte. Er war deshalb meist freundlich zu mir und fand in unserem skandalösen Unglücksfall in Leidenfrosts Schlafzimmer nur Grund zu immer neuem Gelächter. Das aber mißfiel seiner Frau und führte dazu, daß er von den abfälligen Äußerungen, die für mich bestimmt waren, immer sein Teil mit abbekam.

»Daß Elvira sich mit dem eingelassen hat«, sagte sie mit einem Seitenblick auf mich, »das hat sie von dir. Und dein blödes Gejohle über die Schweinerei und Schande zeigt nur, daß du eben auch aus solchen Kreisen stammst.«

Dickopp war nämlich jahrelang Großknecht auf dem Hof des

Vaters seiner späteren Frau gewesen und wohl nur zum Besitzer aufgestiegen, weil kein anderer das bärtige, nicht mehr ganz junge Mädchen hatte nehmen wollen. Leicht hatte er es nicht unter ihrer Herrschaft, aber er war Bauer und der reichste des Dorfes dazu.
Am Abend des Verlobungsfestes, zu dem vierunddreißig Gäste geladen worden waren, hatte er mich beiseite genommen und gesagt:
»Ob du es gewollt hast oder nicht, es ist nun mal so gekommen, und was kommt, muß man nehmen. Mit der Liebe ist es sowieso bald vorbei, und wenn du dann mal denkst, daß es schöner wäre, eine zu haben ohne Bart und ein bißchen kleiner und zarter und weniger anstrengend, dann mußt du dir sagen: Schön ist sie nicht, und freundlich ist sie auch nicht, aber es hängt ein Hof an ihr. Liebe ist ganz schön, mußt du dir dann sagen, aber 399 Morgen und Pferde und Kühe und Schweine und Haus und Stallungen sind noch besser. Und heutzutage zählt doch nur der Bauer. Denn der hat das Fressen, und die anderen haben es nicht, und wer hat, der bekommt mehr, und wer mehr hat, ist der Herr im Land. Na, dann prost!«
Ja, daran dachte ich, als ich so dalag und zu den Fliegen hinaufsah und mir überlegte, ob es mit der Gudrun aus dem Nachbarort auch so gegangen wäre wie jetzt mit Elvira; so nämlich, daß ich sie nicht mehr sehen mochte, wenn die stürmischen Minuten der Umarmungen vorbei waren. Ich ekelte mich ein bißchen vor ihr, wenn sie ihren Unterrock überzog, um schnell in die Küche zu laufen, weil sie Hunger auf Schmalzkuchen bekommen hatte.
Richtig gesehen hatte der Alte auch, daß sie mich immer spüren lassen würde, daß sie eigentlich Herrin in Haus und Hof war. Das fing jetzt schon an, wenn ich mal meine Ruhe haben wollte oder anderer Ansicht war, über die Behandlung von Arthur zum Beispiel. Dann bekam ich manches zu hören, was sehr an die Art ihrer Mutter erinnerte. Als der alte Dikkopp mir am Verlobungsfest seine Eheanschauungen auseinandergesetzt hatte, war mir auch der Ekel vor ihm ein bißchen hochgekommen, und wenn ich ihn im Haus vor seiner Frau kriechen, im Hof vor Arthur aber den großmäuligen Herrn spielen sah, dann war das noch viel mehr der Fall.

Schlimm aber war, daß ich ähnliche Züge schon an mir entdeckte. Den großmäuligen Herrn spielte ich zwar noch nicht, im Gegenteil, ich stand Arthur bei, so gut es ging, aber was ich mir alles von der Alten und meiner lieben Verlobten gefallen ließ, das hatte schon eine verdammte Ähnlichkeit mit Dickopps Art.

»Willi, der Kaffee ist fertig!« schrie Elvira von der Treppe her. Ich erhob mich träge, stieg in meine frischgebügelte Sonntagshose, zog mein weißes Seidenhemd an und ging langsam die Treppe hinunter. In der guten Stube war es angenehm kühl. Die abgestandene Luft des nur sonntags benutzten Zimmers war durch den Duft von Kaffee und Schmalzkuchen erträglich geworden. Elvira saß im Unterrock auf dem Sofa und futterte.

»Weißt du, was mir eben einfällt?«

»Ich bin doch kein Gedankenleser«, sagte ich mürrisch.

»Alles haben wir bei dem Berliner bestellt für dich: den schwarzen Anzug, die Fliege, die Schuhe, aber vergessen haben wir den Zylinder. Denn der von Papa paßt dir doch nicht, der sitzt dir ja auf den Ohren!«

»Sag das noch mal! Ich höre immer Zylinder?«

»Natürlich Zylinder! Du brauchst doch einen Zylinder, wenn ich in Weiß, mit Kranz und Schleier gehe!«

»Den Krümel nimm dir aus dem Bart, mein Schätzchen! Ehe ich mit Zylinder in die Ehe gehe, vertilge ich die zwanzig oder dreißig Eier, die ihr dafür zahlen müßt, auf einen Sitz roh!«

»Und doch wirst du mit Zylinder gehen!« rief sie und stampfte mit dem Fuß auf, was allerdings nicht sehr wirkungsvoll war, weil sie keine Schuhe anhatte. Da sie sich gerade einen Schmalzkuchen in den Mund gesteckt hatte, verschluckte sie sich und begann zu husten. Ich klopfte ihr den halbnackten Rücken, sagte ihr, daß ich mich von ihr nicht anschreien ließe, und ging hinaus.

Ich konnte den Unterrock nicht mehr ausstehen und war froh, einen Grund zum Weglaufen zu haben. Ich sehnte mich nach den Jungen an der Friedhofsecke, mit denen ich in der letzten Zeit nicht mehr zusammengekommen war. Abends mußte ich arbeiten bis zur Schlafenszeit, und die Sonntage hatte ich bisher mit Elvira verbracht, da ihre Eltern meist wegfuhren. Zu Gräbers war ich auch noch nicht wieder gegangen. Ich traute mich nicht. Hans war der einzige aus dem Ort, der uns zur Verlobung keine Glückwunschkarte geschickt hatte. (Elvira hatte die Karten alle nach Hausnummern geordnet und auf diese Weise einen lückenlosen Überblick erhalten.)

Die Burschen saßen auf der schattigen Friedhofsmauer. Als sie mich kommen sahen, schwiegen sie.

»Arthur, nimm Haltung an, dein Chef kommt!« rief einer. Einige lachten, aber besonders herzlich klang das nicht.

Ich ging tapfer auf sie zu und gab jedem die Hand. Dann stand ich vor ihnen in meiner neuen Hose und meinem Hemd und wußte nichts zu sagen. Sie sagten auch nichts.

»Zigarette?« fragte ich. Aber als ich in die Tasche griff und die Lucky Strike herausholte, merkte ich schon, daß das falsch war, merkte ich, daß das protzig klang.

Sie nahmen alle eine, auch die, die nicht rauchten, denn eine Ami-Zigarette war zehn Mark wert. Nur einer steckte sie sich an, die anderen rochen daran herum und hielten sie dann behutsam in der hohlen Hand.

»Habt ihr was gegen mich?« fragte ich.

»Nein, im Gegenteil, wir bewundern dich! Wie geschickt du das eingefädelt hast am 1. Mai!«

»Und wie fein du jetzt rumläufst!«

Und dann sprang einer von der Mauer, klopfte sich den Hosenboden ab und sagte, daß er jetzt nach Hause müßte. Ein anderer sagte, er wolle zum Hauptgraben, ein bißchen baden, und fragte, wer mitkäme. Und sie sagten: »Machs gut, Willi«, und: »Na, dann bis zum Polterabend!« und schlenderten davon durch die Sonnenglut. Nur Arthur blieb einen Augenblick bei mir stehen und sagte: »Ich weiß auch nicht, wie es kommt, aber es ist eben jetzt alles anders.« Und dann ging er den anderen nach. Ich stand allein an der vertrauten Friedhofsmauer, schmiß meine noch nicht zu Ende gerauchte Zigarette weg und sagte zu mir selbst: »Na, dann nicht, ihr Blödhammel!« Aber eigentlich war mir mehr zum Heulen zumute.

Zu dem Sofa mit Elvira drauf wollte ich nicht zurück. Kurz entschlossen ging ich auf das Lehrerhaus zu.

Gräber hatte einen farbenbekleckten Kittel an, einen krempenlosen Hut auf und strich die Wände des neuen Klassenraumes.

»Schön, daß du dich auch mal wieder sehen läßt, Willi! Mach dir dein Hemd nicht dreckig!«

Ich stand überflüssig hinter ihm, und wir sprachen über alle möglichen nebensächlichen Dinge. Dann wurde mir das zu blöd, und weil ich noch nicht wieder gehen wollte, zog ich mir das Hemd aus, hängte es an die Türklinke, band mir einen Sack vor die Hose, ergriff einen Pinsel und begann mitzumalen. Zwei Stunden arbeiteten wir, ohne zu reden, dann war alles fertig.

»Freut mich, daß du dir was vom alten Willi bewahrt hast«, sagte Hans, indem er sich erschöpft auf eine Leitersprosse setzte.

»Warum wundert dich das?«

»Das weißt du doch!«

»Glaubst du vielleicht, daß ich es darauf angelegt habe?«

»Entscheidend ist, daß du es geschafft hast.«

»Neidisch?« fragte ich patzig.

»Auf Wiedersehen, Willi, vielleicht kommst du mal wieder vorbei, wenn ich mehr Zeit habe.«

Er schmiß mich also raus. Ich zog mein Hemd an und ging durch das abendliche Dorf. Die Leute saßen vor den Häusern. Die, die ich nicht mochte, grüßten mich freundlich, die anderen mürrisch oder gar nicht. Ich ging aus dem Dorf hinaus, den Pflaumenweg entlang bis zum Haselhorst, einem etwas höher gelegenen Wäldchen im Luch. Dort setzte ich mich und sah zu, wie die Sonne hinter der aufgeschütteten Rathenower Chaussee verschwand. Ich dachte an die Brauerei am Kreuzberg, an meinen fröhlichen Vater und an die blonde Lehrersfrau im Nachbardorf. Als ich sah, wie die Jungen vom Baden zurückkamen, dachte ich daran, einfach loszugehen, quer über das Luch, der Sonne nach, durch die Kiefernwälder, über die Havel bis in ein anderes Dorf, wo niemand mich kannte und wo die Burschen abends auch an der Friedhofsecke standen. Aber dann wurde mir kühl in meinem Seidenhemd, und ich hatte Durst und fürchtete mich in dem dämmrigen Luch mit den eigenartigen Vogelrufen. Ich lief nach Hause, trank meine Abendbrotmilch, ließ eine Schimpfkanonade wegen des versäumten Fütterns über mich ergehen und ging schlafen.

Und am nächsten Morgen begann wieder die harte Arbeit und ließ keine Zeit für Seelenkummer.

7

An der Bürgermeisterei hing ein Anschlagkasten, der nur für Aufgebote bestimmt war. Wochenlang war er leer, verstaubt und unbeachtet; hatte aber ein Paar sich aufbieten lassen, dann wurde von den Freundinnen der Braut eine Blumengirlande herumgelegt, und jeder, der vorbeiging, sah hinein und studierte die Namen und Daten.
Als nun im Juli 1946 das Aufgebot der Brautleute Elvira Alwine Dickopp, geboren 1922 in Weltzow (Kreis West-Havelland), und Willi Franz Wälter, geboren 1925 in Berlin-Neukölln, mit Reißzwecken festgenagelt worden war, geschah es schandbarerweise, daß es drei Tage lang hinter verschmutzten Scheiben hing, schmucklos, doch leider nicht unbeachtet, bis ich bei Nacht und Nebel hinschlich und die von Elvira und ihrer Mutter verfertigte Girlande um den Kasten legte.
Die Ursache für diese öffentliche Schande war nicht etwa in der unmoralischen Art des Zustandekommens unserer Verlobung zu suchen, sie lag tiefer oder besser gesagt höher, nämlich in religiösen Bereichen. Zuständig für den Schmuck des Kastens wären die Mitglieder des Mädchenkreises gewesen, der sich zweiwöchentlich um den Pastor Johannes Hurtig beziehungsweise um seine Frau, Johanna Hurtig, scharte und dem auch Elvira angehörte. Nach dem Skandal in Brunzels Gasthof hatte Elvira sich dort nicht mehr sehen lassen, weil sie erstens Angst vor Spott und Vorwürfen hatte und zweitens in ihrer freien Zeit sehr mit mir beschäftigt war. Das hatte böses Blut gemacht; die Anweisung Pastor Hurtigs, den Kasten nicht zu bekränzen, war aber erst ergangen, als bekannt wurde, daß wir die Absicht hatten, uns katholisch trauen zu lassen.
Eines schönen Tages hatte ich nämlich auf der Rathenower Chaussee den katholischen Priester getroffen. Ich war mit dem leeren Wagen nach einer zehn Kilometer entfernten Wiese unterwegs, um das letzte Heu reinzuholen. Die Pferde ließ ich so langsam laufen, wie sie wollten, da ich die ruhige

Fahrt unter den schattenspendenden Linden sehr schätzte und Arthur und seiner Mutter, die inzwischen den anderen Wagen auf der Wiese luden, eine unplanmäßige Rast gönnte. Ich war so in Gedanken versunken, daß ich den Priester erst erkannte, als er kurz vor mir bremste und abstieg.

»Grüß Gott, junger Landmann!« rief er mir freundlich zu.

»Grüß Gott, Herr Pfarrer!« sagte ich und brachte die Pferde zum Stehen.

Mir war nicht ganz wohl bei dieser Begegnung, daß ich vor Monaten zum letztenmal in der Kirche gewesen war und Ermahnungen fürchtete.

»Quo vadis, domine?« fragte er lächelnd, nachdem er sein Rad an einen Baum gestellt hatte. Dabei hielt er mir die Hand zur Begrüßung hin. Ich schüttelte sie, die weich, weiß und zart war wie die einer vornehmen Frau, und sagte: »Amen«, da ich annahm, daß sein Ausspruch eines der vielen lateinischen Gebete war, die er auswendig wußte.

Er lachte schallend, und da ich ihn nicht verstimmen wollte, lachte ich kräftig mit. Er erkundigte sich fachmännisch nach der diesjährigen Heuernte, wollte meine Ansichten über den Nutzen von Treckern in dieser sumpfigen Gegend wissen und erzählte von den Schwierigkeiten des Heuens in seiner Heimat, der Rhön. Und dann fragte er ohne Übergang nach dem Termin unserer Heirat.

»7. August.«

»Wunderbar«, sagte er, nachdem er in einem Notizbüchlein geblättert hatte. »Da haben wir sowieso Messe in Weltzow. Ein historischer Tag für das Dorf: die erste katholische Trauung seit der Reformation. Wird die Braut unseren Glauben annehmen?«

»Nein, ich glaube kaum.« Ich druckste herum, um zum Ausdruck zu bringen, daß meine Schwiegermutter wohl gar nicht recht einverstanden sein werde mit einer katholischen Hochzeit.

»Schon gut«, unterbrach er mein Gestammel. »Wir machen das schon! Spätestens Ende Juli komme ich vorbei, und wir regeln alles. Grüß Gott!«

Er radelte davon und überließ mich meiner Verwirrung, meinen Zweifeln, Sorgen und Ängsten. Daß ich dann am Abend darauf bestand, katholisch getraut zu werden (»Ent-

weder katholisch oder gar nicht!« wurde meine Losung), lag weniger an meiner Begeisterung für historische Bedeutungen als vielmehr an meiner Opposition gegen die tyrannische Schwiegermutter. Als ich davon zu sprechen begonnen hatte, war ich mir noch über nichts klar, als aber die Bäuerin sofort einen Wutanfall bekam und mich meines Glaubens wegen beschimpfte, mußte ich doch einfach fest bleiben.
Ich blieb es, und der Umstand, daß das ganze Dorf dieser Hochzeit mit großer Erwartung entgegensah, glättete die Wogen bald wieder. Als Elvira mir ihre Zustimmung bekanntmachte, war ich so gerührt, daß ich als Gegenleistung zum Zylinder ja sagte. Hätte ich gewußt, was mir noch bevorstand, hätte ich auch versprochen, zwei Zylinder übereinander zu tragen, um die katholische Trauung zu verhindern.
Aber soweit war es noch nicht. Erst kam der Ärger mit dem ungeschmückten Aufgebotskasten, dann kam der Priester und einige Tage später Pastor Hurtig.
Der Priester, ein »schöner Mann«, wie Elvira nachher sagte, groß und breit, mit der Stimme eines Opernbaritons, wußte, wie schwer es den Bauern dieser stockprotestantischen Gegend fiel, ihr Mißtrauen gegen alles Katholische zu überwinden. Er verhielt sich sehr geschickt, ließ sich den Hof und das Vieh zeigen, lobte alles, machte Elvira wirkungsvolle Komplimente, schimpfte auf Kommunisten, wirkte durch Gestalt und Sicherheit und erreichte alles, was er wollte. Da er die kirchliche Trauung verständlicherweise für wichtiger hielt als die amtliche, sollte erst nach der Kirche zum Standesamt gegangen werden. Eine Viertelstunde sollten die Glocken läuten. Das konnte durch den Weltzower Kirchendiener geschehen. Einen Orgelspieler aber wollte der Pfarrer aus Rathenow mitbringen. Der war zwar teuer, dafür aber auf den Kirchenchor eingeübt, der auch kommen und nicht mehr als das Fahrgeld und ein gutes Abendessen kosten sollte. Mit der Ausschmückung der Kirche wurde ein Rathenower Gärtner, ein guter Katholik, beauftragt. »Für das Glück ihrer Tochter scheuen wahrhaft christliche Eltern keine Mühen und Kosten!« sagte der Priester mit einem vorwurfsvollen Blick auf Dickopp, der sich sorgenvoll den Kopf kratzte.
Ich war ziemlich überflüssig bei dieser Unterredung, bis zum

Schluß, als ich auf die Frage nach meinem Tauf- und Firmschein meine vermißte Mutter mit einer Lüge belasten mußte, die sie mir aber sicher verzeihen wird.
»Und denken Sie daran, daß Sie vorher zur Beichte und zur Kommunion gehen müssen! Um dreizehn Uhr dreißig beginne ich mit der Beichte, um vierzehn Uhr dreißig beginnt die Messe, danach gehen Sie zurück und holen die Braut, um fünfzehn Uhr fünfzehn etwa können wir den Bund fürs Leben schließen!«
Ich nickte nur und ließ ihn meinen Schreck nicht merken.
Übrigens erschrak auch Elvira. In zärtlichsten Sekunden hielt sie manchmal inne und beschwor mich, dem Pfarrer doch um Himmels willen nichts von unserem sündigen Vorleben zu erzählen. Aber ich versprach nichts; denn solche Trümpfe soll man nicht leichtfertig aus der Hand geben.
Als einige Tage später Pastor Hurtig kam, um Dickopp zu bewegen, den Plan einer katholischen Trauung aufzugeben, predigte er tauben Ohren. Als er zu drohen begann, wurde er unfreundlich abgefertigt und mußte froh sein, von Elvira noch eine Tüte mit Eiern in die Hand gedrückt zu bekommen.
Die Zeit verging wie im Fluge bei anstrengender Arbeit und nervenaufreibenden Hochzeitsvorbereitungen. Elvira kam nicht mehr mit aufs Feld, da sie ihrer Mutter beim Hausputz, beim Backen, Schlachten, Ausschmücken und Umräumen helfen mußte. Jeder war gereizt, und jeden Morgen, Mittag und Abend gab es Streit. Hinzu kam der Ärger mit meinem Hochzeitsanzug. Der Berliner Schieber, der übrigens jetzt nicht mehr mit einer Handkarre, sondern mit einem alten Tempo-Wagen kam, nutzte die Sache bis aufs letzte aus. Er brachte jedesmal nur ein Stück mit, die Schuhe, die Schleife, das Hemd, den Zylinder, und erfand immer wieder neue Geschichten, die alle mit der gleichen Pointe endeten, daß er nämlich noch mehr Butter, Eier, Speck, Korn oder Kartoffeln mitnehmen müßte, um das noch Fehlende zu besorgen. Jedesmal machte die Alte Krach, aber das half ihr nichts, sie mußte alles herausrücken, wollte sie nicht Gefahr laufen, ihre Tochter mit einem unvorschriftsmäßig angezogenen Mann trauen zu lassen.

Erst am Sonnabend, dem Tag des Polterabends, brachte der Berliner den Anzug, lehnte es ab, zum Mittagessen zu bleiben, lud den halben Zentner Raps, den der Anzug mehr gekostet hatte, auf den Wagen und ratterte davon. Der Grund dafür wurde uns klar, als ich nach dem Mittagessen den Anzug anprobierte: Er paßte mir nicht!

Meine fetten Beine steckten in den Röhren wie in Unterhosen, den Schlitz konnte ich nur mit Gewalt zuknöpfen, die Jacke spannte sich wie ein voller Zuckersack. Als ich mich entsetzt auf einen Küchenstuhl fallen ließ, riß krachend die Naht über dem Gesäß. Die Beine mußte ich ausgestreckt halten, da bei der geringsten Bewegung die Hose über dem Knie zu platzen drohte. Ein Jackettknopf kollerte über den Steinfußboden, als ich zu einem tiefen Seufzer Luft holte.

»Ganz richtig paßt er nicht!« sagte ich.

Elvira stand wie versteinert am Küchentisch, Dickopp brach in Gelächter aus, seine Frau schrie: »Der Sauhund, der!«, womit diesmal aber nicht ich, sondern der Schieber gemeint war. Brüllend jagte sie ihren nur noch leise kichernden Mann hinaus und begann mich von oben bis unten abzutasten, um festzustellen, ob vielleicht irgendein Teil doch paßte. Sie fand, daß die Ärmel des Jacketts lang genug waren, daß der abgerissene Knopf vorversetzt und der Umschlag der Hose ausgelassen werden könnte.

»Am Hintern setzen wir ein Stück ein, dann geht es schon!«

»Und wie soll ich gehen in diesen Schläuchen?«

»Zur Trauung springt man nicht wie ein geiler Bock, und wenn sie nachher beim Tanzen platzen, schadet es nichts, dann sind sowieso alle besoffen!«

»Lieber gehe ich in meinen alten Kommißhosen, als daß ich wie ein Storch zur Kirche stelze!«

»Und wer bezahlt das alles?« schrie sie. »Schleicht sich in bessere Familien ein und will noch eine große Lippe riskieren. Der Anzug wird angezogen und damit Schluß!«

»Habs schon oft genug bereut, in diese Schieberfamilie geraten zu sein!« schrie ich zurück.

Elvira stand noch immer am Küchentisch. Sie weinte jetzt, ich wußte nicht, ob über mich oder über den Anzug.

»Hör auf zu flennen, du Schaf!« schrie ihre Mutter, und in

diesem Moment ging zögernd die Küchentür auf, und ein vierjähriges Mädchen stand da und hinter ihr ein siebenjähriges und hinter der eine Frau mit einem noch größeren. Alle drei Mädchen hatten schwarzes Haar, blasse Gesichter und stockdünne Arme und Beine. Mit ihren aufgequollenen Hungerbäuchen sahen sie aus wie kleine Schwangere. Sie blickten zu Boden und nestelten an den Bindfäden, die die Zopfenden zusammenhielten.
»Entschuldigen Sie«, sagte die Frau. »Der Bürgermeister schickt mich. Sie möchten so freundlich sein und mir ein paar Kartoffeln für Sonntag geben, am Montag will er dann alles regeln. Wir sind heute früh mit dem Transport gekommen, aus Ostpreußen.«
»Ohne Arbeit gibt uns auch keiner was«, sagte die Dickopp. »Und dem Bürgermeister bestellen Sie, er soll doch von seinen Frühkartoffeln abgeben.«
»Es brauchen ja nicht Frühkartoffeln zu sein. Vielleicht haben Sie noch alte?«
»Raus! Wir haben andere Sorgen!«
Mir wurde kalt vor Wut und Scham. Aber ich schrie nicht. Ich sagte überhaupt nichts. Ich ging zur Speisekammer, nahm ein Brotmesser, schnitt drei Streifen vom Streuselkuchen und nahm eine Wurst vom Nagel. Ohne auf das Gebrüll der Alten zu achten, ging ich mit Stelzschritten auf die Tür zu, gab der Frau die Wurst, den Kindern je einen Streifen Kuchen und fragte: »Haben Sie einen Sack mit?«
Sie hatte nur ein Einkaufsnetz. Ich schob sie alle vier hinaus und ging zur Scheune hinüber, in der die Frühkartoffeln lagen. Die Kinder hielten mit beiden Händen die Kuchenstreifen, blieben dicht neben mir und warfen ab und zu einen ängstlichen Blick nach der Alten zurück, die auf den Haustürstufen stehengeblieben war. An der Ecke stand Dickopp und sah uns mit eingezogenem Kopf nach. Ich füllte das Netz mit Kartoffeln. Dabei platzte meine hintere Hosennaht noch weiter. Die Kinder starrten auf den Kuchen und wagten nicht hineinzubeißen.
Ich trug das Netz bis zum Hoftor. Dann deutete ich auf meinen Anzug. »Ich würde Sie gern noch begleiten, aber in diesem Aufzug geht das nicht. Haben Sie es weit?«
»Wir wohnen in Brunzels Gasthof!«

»In der kleinen Kammer hinter dem Schlafzimmer? Alle vier?«
»Ja, und ein kleiner Junge auch noch.«
»Kommen Sie ruhig wieder, wenn die Kartoffeln alle sind«, sagte ich. »Ab morgen bin ich hier Bauer!«
»Womit sollen wir Ihnen das danken? Sie sind so gut zu mir! Aber wir haben nichts!«
»Können wir nicht dem Onkel ein Lied vorsingen?« sagte die Kleinste.
Das taten sie dann auch, obwohl die Mutter erst abwehrte. Sie sangen dreistimmig das Lied »Mamatschi, schenk mir ein Pferdchen, ein Pferdchen wär mein Paradies«, und mir liefen die Tränen nur so die Backen runter, und ich hatte doch kein Taschentuch in meinem Anzug.
Als ich zurückging, wartete Dickopp auf mich. Er machte ein nachdenkliches Gesicht, was bei ihm selten war. Ich wollte an ihm vorbei ins Haus, um den korsettengen Anzug endlich auszuziehen, aber er hielt mich am Arm fest und sagte: »Es ist ein feines Gefühl, Willi, zu verschenken, aber man muß sich das verkneifen können. Du bist ein guter Kerl, und meine Frau ist eine Krähe, aber recht hat sie doch! Gut zu sein, das kann man sich nicht leisten, wenn man ein guter Bauer sein will. Gut ist für den Bauern, was für den Hof gut ist. Ich habe es auch erst lernen müssen.«
Ich riß mich los und ging an der zeternden Alten vorbei ins Haus, in meine Kammer. Ich befreite mich von dem Anzug, legte mich aufs Bett, summte das Lied von der Mama, deren Kind sich ein Pferdchen wünschte, vor mich hin und versuchte das, was mir im Kopf herumging, zu ordnen, bis ich einschlief.

8

Elvira rüttelte mich wach und trieb vergebens zur Eile; die Ankunft Onkel Augusts und Tante Trudes aus Lietzow schien mir kein ausreichender Grund zu sein.
Man saß in der guten Stube und hatte eine Flasche Schnaps schon fast leer. Onkel August war ein gemütlicher Mann von fast sechzig, seine Frau, dick und bärtig, viel jünger, Ende

Dreißig vielleicht. Sie stürzte auf mich zu, küßte mich schmatzend auf Stirn und Wangen, packte meine Oberarme, schob mich von sich weg, betrachtete mich von oben bis unten und rief: »Dick nennt ihr das? Gut beieinander, sage ich! Der wird dafür sorgen, daß wir in neun Monaten wieder in Weltzow feiern.«
»Immer dasselbe mit der Frau«, brummte Onkel August. »Hat er denn Ahnung von der Landwirtschaft?«
Ich kam mir vor wie ein Bulle auf dem Viehmarkt, der am Strick den Begutachtern vorgeführt wird. »Guten Abend«, sagte ich mürrisch.
»Guten Abend, Willichen«, rief Tante Trude und benutzte die Gelegenheit, um mich noch einmal abzuküssen und mich dann zwischen sich und Elvira auf das Sofa zu plazieren, wo ich bald zu schwitzen begann.
»Sag Trude zu mir, Willi, für eine Tante bin ich noch nicht alt genug! Komm, trinken wir Brüderschaft!«
Ich hatte Angst vor dem nassen Kuß, sagte, daß ich erst einmal raus müßte, und ging – aus Angst vor der stürmischen Tante tatsächlich auf die Toilette. Lange saß ich da und dachte mit wenig Freude an den kommenden Tag, an die Beichte, an die nächsten Wochen, Monate, Jahre, bis ich Arthur im Pferdestall die »Capri-Fischer« singen hörte. Ich schlenderte über den Hof und sah ihm von der Tür aus zu.
»Wir kommen nachher alle poltern!« sagte er.
»Mensch, wie gut du es hast«, sagte ich.
»Wieso?«
»Es kotzt mich alles an«, sagte ich, worauf er nur die Achseln zuckte und weitersang.
Ich ging zum Hoftor. In der beginnenden Dämmerung hatten sich die Dorfkinder vor Dickopps Haus versammelt. Sie hatten altes Geschirr, Flaschen, Töpfe, Blechbüchsen in den Händen und sahen auf die Haustür. Ganz vorn stand Hadlaub, einen Biersyphon unter dem Arm. Den kannte ich, er hatte einen abgebrochenen Hals und stand seit jeher auf Brunzels Hof herum. Wir waren nie dazu gekommen, ihn zur Müllgrube zu schaffen. Auch die drei Mädchen aus Ostpreußen waren dabei.
Hadlaub kommandierte: »Eins, zwei, drei!«, und die Fla-

schen, Teller, Töpfe und Schüsseln flogen zur Haustür und zerschellten auf den Steinstufen.

»Viele Kinder für das Haus,
Bauer, bring den Kuchen raus!«

schrien alle im Chor, erst leise, ungeordnet, dann lauter und fordernder. Und dann ging die Tür auf, und Elvira und ihre Mutter erschienen mit einem Berg Streuselkuchen, und die Kinder hörten auf zu schreien, rannten zur Tür und streckten die Hände aus.
»Schluß, genug!« rief die Alte, als der Teller leer war. Drei Bleche mit mageren Zutaten waren für die Kinder gebacken worden, aber morgen würde auch noch Kuchen gebraucht werden für die, die mit Gratulationskarten kamen. Ein paarmal schrien die Kinder noch ihren Vers, dann gingen sie.
»Wo bleibst du denn, Willi?« Elvira stand hinter mir. »Tante Trude denkt, du rückst vor ihr aus!«
»Meinst du, das nasse Geknutsche gefällt mir?«
»Sei froh, daß du ihr gefällst! Sie haben keine Kinder und einen Hof in Lietzow! Sei nett zu ihr!«
»Ich kann ja auch die Hochzeitsnacht mit ihr verbringen!«
»Du bist ein Gerissener!«
Elvira kniff mir ins Hinterteil; das war eine ihrer besonders liebevollen Zärtlichkeiten.
Die Familie tafelte schon. Kartoffelsalat, Kaßler und Schweinebraten verbesserten meine Laune wieder, zumal Tante Trude nüchterner und damit kühler geworden war.
Noch während des Essens begann die Polterei wieder, diesmal aber mit schweren Stücken. Die Jugend lud den Müll der letzten Jahre vor unserer Haustür ab. In Taschen, Kiepen und Handwagen schleppten sie Gerümpel an. Eimer, Drahtkörbe, Pumpenschwengel, Mausefallen, Ofenrohre, Wannen, Müllschippen, Gardinenstangen türmten sich vor dem Haus. Es machte Krach, sie waren es los, und die Brautleute mußten es am Hochzeitsmorgen wegfahren.

»Viele Kinder für das Haus!
Bauer, bring den Schnaps heraus!«

Der Alte nahm Flasche und Glas und winkte mir mitzukommen. Ich schüttelte den Kopf.
»Laß ihn, er will mich nicht verlassen«, sagte Tante Trude, die wieder zu trinken angefangen hatte.
»Genau«, sagte ich, da ich mich lieber von der dicken Tante belästigen als von den Burschen verlästern ließ, setzte mich wieder auf das Sofa, auf dem das ganze Unglück begonnen hatte, ließ mich abküssen und trank einen Schnaps nach dem anderen, um die Burschen vor dem Haus zu vergessen.
Aber die machten sich bemerkbar. Der Schnaps regte zum Dichten an.

»Gottverflucht sei dieses Haus,
kommt der Willi nicht heraus!«

Aber der kam nicht, wollte nicht, schlug vielmehr um sich, riß sich los, als Dickopp an ihm zerrte und Elvira und Trude schoben, rannte den Flur entlang, die Treppe hinauf und schloß sich in seine Kammer ein.
Die Frauen trommelten wie verrückt an die Tür, auf der Straße schrien sich die Burschen die Kehlen wund, ich aber setzte mich auf mein Bett und sah durch das Fenster zum Nachthimmel rauf, bis es nach langer, langer Zeit still wurde.

9

Der erste Sonnenstrahl trieb mich schon auf. Ich wollte den Müll aufgeladen haben, ehe das Dorf wach wurde.
Am Kleiderschrank hing der reparierte Hochzeitsanzug. An der Hose war hinten ein Stück eingesetzt, der Umschlag ausgelassen worden, Es gelang mir, sie anzuziehen, nur konnte ich danach die Knie nicht ohne Gefahr krümmen.
Während ich am Fensterspiegel die Schleife zu binden versuchte, schlich Tante Trude in meine Kammer. Sie war im Morgenrock, den sie mit der Hand oben zuhielt.
»Guten Morgen, lieber Neffe«, sagte sie süßlich. »Ich möchte gern die erste sein, die dich an deinem Glückstag begrüßt.«

Mit der Hand, die sie mir hinstreckte, hatte sie vorher den Morgenrock zugehalten. Ich ergriff die Flucht.
Das Müllaufladen mit steifen Beinen war eine Hundearbeit. Die Kleinigkeiten, zu denen ich mich hätte bücken müssen, mußte ich Elvira überlassen. Ich erzählte ihr dafür von der morgendlichen Nachstellung ihrer Tante und erzielte damit ein unerwartetes Ergebnis. Sie lachte. War sie stolz auf ihren vielbegehrten Mann, oder dachte sie an die Erbschaft?
Dickopp kam mit dem Gespann. Er wollte die Fuhre zur Müllgrube fahren. Als der Wagen anruckte, fiel eine alte Friedhofsharke herab und riß einen Dreiangel in meine gute Hose.
Elvira bekam einen Weinkrampf, die Alte einen Wutanfall, der auch mich ansteckte. Ich zog die Hose aus, schmiß sie ihr vor die Füße, rannte in Unterhosen in meine Kammer, verschloß die Tür und warf mich aufs Bett.
»Das lasse ich mir nicht bieten«, schrie ich in mein Kissen, »sofort haue ich ab, sofort!«
Aber ich hatte noch nichts gegessen und schwer gearbeitet. Vor meiner Tür hörte ich Elvira weinen. Als ich ihr nach einer Stunde aufmachte, fiel sie mir um den Hals und beschwor mich, sie mitzunehmen, wenn ich ausrückte. »Ohne dich kann ich nicht leben, Willi! Heirate mich, und dann fliehen wir!«
Sie tat mir leid.
»Kommt schnell, liebe Kinder, die ersten Gratulanten sind da!« schrie Tante Trude von unten. Ich fuhr in meine alte Hose. Dann rannten wir hinunter, nahmen zwei wartenden Kindern die Karten ab, dankten und überreichten das ihnen zustehende Stück Kuchen. Kaum hatten wir uns zum Frühstück hingesetzt, kamen die nächsten. Und so ging das weiter, den ganzen Vormittag hindurch. Zwischendurch stopfte Elvira meine Hose, mal knurrte ich die Alte, mal knurrte die Alte mich an, aber als gegen elf Uhr die ersten Gäste kamen, glimmte die Wut nur noch versteckt.
Wenn ich an das Mittagessen denke, läuft mir noch heute das Wasser im Munde zusammen. Es gab Hühner-, Enten-, Puten-, Schweine- und Kalbfleisch, dazu mehrere Sorten Gemüse und hinterher Pfirsichkompott mit Eis. Ich aß viel, aber ohne rechten Appetit, denn die Beichte, die um halb zwei auf mich wartete, war Hauptgesprächsthema.

»Erzähle bloß nicht von deinen diversen Frauen«, schrie der lange Lehmann, der seinen Neid durch Forschheit zu verdekken suchte, vom anderen Ende der Tafel her, »sonst wird der Pfaffe noch seiner Askese überdrüssig!« Er hatte die Oberschule besucht und fühlte sich verpflichtet, viele Fremdwörter zu gebrauchen, die keiner verstand.
Ich ärgerte mich mächtig über diese Geschmacklosigkeiten, fühlte mich plötzlich verantwortlich für den katholischen Glauben und sah in dem Pfarrer einen Verbündeten gegen diese Heuchler, die sich Christen nannten und ausnahmslos Geizhälse und Ausbeuter waren. Sie gossen und stopften all die guten Sachen in sich hinein, wischten sich das Fett mit dem Handrücken vom Kinn, rissen schlechte Witze und ließen mich hochleben, weil ich nun auch einer von ihrer Sorte geworden war.
Kurz vor halb zwei machte ich mich fertig. Elvira band mir die Schleife vor das gestärkte Hemd. Ich zwängte mich in Hose und Jacke und probierte vor dem Spiegel den richtigen Sitz des Zylinders. Ich fand, daß er mir keck seitlich aufgesetzt am besten stand, aber Elvira und die anderen waren dagegen. Wir einigten uns darauf, daß ich ihn bei meinem Alleingang zur Beichte schief, beim feierlichen Gang zur Trauung aber gerade aufsetzen sollte. Die Schwiegermutter war empört, verstummte aber, als Tante Trude mich mit seitlich sitzendem Zylinder »süß verwegen« fand.
Als ich gehen wollte, stürmte ein junger Mann herein und verkündete, daß der Bus mit Chor und Pfarrer Panne hatte und alles verspätet losgehen würde. Elvira faselte gleich was von unheilvollem Zeichen, ich aber versuchte mir in Ruhe meine Beichte zu überlegen.
Doch kaum hatte ich es geschafft, meine Gedanken zu konzentrieren, rief man schon wieder nach mir. Ich sollte Elviras Staat bewundern. Ich fand meine stämmige Braut komisch in dem jungfräulichen Kleid mit Schleier, sagte aber nichts, sondern verdrückte mich still, um in der Kirche noch über meine Beichte nachdenken zu können. Als ich aber die Haustür öffnete, prallte ich entsetzt zurück. Die Straße vor dem Haus bis zur Kirche hin war voller Menschen. Ich schlug die Tür wieder zu und lief zu den anderen zurück.
»Massen von Gaffern stehen vor dem Haus!« rief ich.

»Selbstverständlich«, sagte die Schwiegermutter stolz, »wenn bei Dickopps Hochzeit ist!«

»Der Kleine hat Angst so allein!« meinte Tante Trude, und ich war ihr dankbar für das Mitleid. »Ich werde mitgehen! Aber nicht allein, sonst denken sie noch, ich bin die Braut. Komm, Else!«

Und so verließ ich einige Minuten später, rechts und links von Frauen in langen schwarzen Abendkleidern flankiert, das Haus und schritt, anfangs schnell, durch dichtes Spalier der Kirche zu. Während die dicke Tante Trude und die hagere Else Müller würdig geradeaus sahen, versuchte ich so heiter und unbefangen wie möglich auszusehen. Ich grüßte kopfnickend den einen oder anderen Bekannten, lächelte krampfhaft und rückte dauernd an meinem Zylinder herum.

Die Leute amüsierten sich köstlich. Manche kicherten vergnügt vor sich hin, andere versuchten ernst zu bleiben, die jungen Burschen aber, die am Kirchhofstor standen, lachten laut.

»Das ist Vielweiberei, mit zweien zur Trauung!«

»Der geht seine Braut suchen!«

»Brauchst du die beiden als Zeugen bei der Beichte, Willi?«

Es war ein Spießrutenlauf. Zu allem Übel mußte ich immer langsamer gehen, da bei meinen forschen Schritten die Hosennaht zwischen den Beinen sich aufzulösen begann. Die kühle, halbdunkle Kirche begrüßte ich wie ein Ertrinkender, der endlich rettendes Land unter den Füßen spürt.

»Wir warten hier auf dich«, flüsterte Tante Trude. Ich ging allein nach vorn.

Die mit Blumen geschmückte Kirche war noch leer bis auf ein paar Beichtkinder, Mädchen und alte Frauen vorwiegend, die in der ersten Bankreihe knieten und sich verstohlen nach mir umdrehten. Ein Platz in der Reihe war noch frei. Ich hängte den Zylinder an den für Kissen und Taschen bestimmten Haken, dann kniete ich auch nieder und faltete wie die anderen die Hände.

Ich nahm mir vor, so wenig wie möglich von Mädchen zu reden. Anfangen wollte ich damit, daß ich manchmal nicht so recht an Gott glauben könnte, und den Mann dann fragen, ob es nicht doch besser wäre, aus Mangel an Liebe und zur Wahrung der inneren Sauberkeit auf die Heirat zu verzichten.

Hinter mir hörte ich Tuscheln und schlurfende Schritte. Die Kirche füllte sich. Außer den Katholiken, die zur Messe wollten, kamen die alten Mütterchen, um sich einen guten Platz zu sichern. Die meisten Zuschauer warteten draußen; sie wollten erst nach dem Brautpaar in die Kirche strömen.

Ständig fühlte ich die Blicke aller hinter mir Sitzenden auf meinem gebeugten Nacken. Erst nach langer Zeit kam der Chor und ging zur Empore hinauf. Der Pfarrer kam und verschwand in der Sakristei. Dann durfte das erste Beichtkind, eine krummgebeugte Alte, hinein. Sie kam schnell wieder, und nun ging die Abfertigung flott. In kaum zwanzig Minuten wäre ich dran gewesen. Aber ich drehte mich um und bedeutete den hinter mir sitzenden Sündern, daß sie ruhig vor mir hineingehen könnten. Als schließlich nur ich noch übrig war, war es drei Uhr. Sicher stand Elvira schon in vollem Staat hinter der Tür und wartete darauf, sich an meinem Arm der Menge zu zeigen.

Mir fiel mein Hosenschaden wieder ein. Gleich würde ich aufstehen müssen. Mit der Hand an die verdächtige Stelle zu fassen, traute ich mich nicht. Als der letzte Beichter aus dem Türchen kam, setzte ich mich erst auf die Bank und sah verstohlen auf meine Hose. Unterhalb des Schlitzes war die Naht gerissen, aber es würde, wie ich beruhigt feststellte, beim Gehen nicht zu sehen sein. Beim Aufstehen stieß ich an den Zylinder, der, von unterdrücktem Kichern begleitet, auf den Gang rollte und in der Mitte liegenblieb. Ich wagte nicht, ihn aufzuheben. Bei der Rückkehr von der Beichte würde ich die gefährliche Bewegung mit vom Publikum abgewendeten Hosenboden machen können.

In der Sakristei war es stockfinster. Ein Räuspern aus der Ecke zeigte mir den Weg. Mit vorgestreckten Händen tappte ich vorwärts.

»Knie nieder, mein Sohn!« hörte ich plötzlich dicht vor mir die angenehme Stimme des Priesters. Ich sank in die Knie auf eine harte Betbank.

»Guten Tag, Herr Pfarrer«, sagte ich so freundlich wie möglich.

»Hast du in deiner Jugend nie Kommunionsunterricht gehabt?« fragte der Pfarrer streng.
»Doch«, antwortete ich eingeschüchtert, »aber ich war oft krank, und das beste Gedächtnis habe ich auch nicht!«
Er sprach mir die Einleitungsfloskeln vor, und ich sprach sie ihm nach. Darauf trat Stille ein. Ich sagte nichts, weil ich dachte, daß er sich sammeln müßte.
»Sprich!« Er schien ungeduldig. Meine Kehle war trocken vor Aufregung. Ich mußte erst räuspern und schlucken, ehe ich sprechen konnte. Dann äußerte ich bescheiden meine ausgedachten Zweifel an der Existenz des lieben Gottes. Aber das schien ihn nicht sonderlich zu interessieren.
»Wann hast du das letzte Mal gebeichtet?«
»Das ist schon ein Weilchen her«, sagte ich. Ich war etwas böse darüber, daß er mein Geständnis so wenig beachtete.
»Was heißt ein Weilchen? Sind das fünf Monate oder fünf Jahre?« Er war weniger erschüttert, als ich dachte, und erkundigte sich ohne Übergang nach Unkeuschheiten, die ich begangen haben sollte. Da ich nicht sicher war, ob das das gefürchtete Thema betraf, stellte ich mich dumm, worauf er nach Einzelheiten fragte, und zwar so genau, daß ich rot wurde. Das schlimmste aber war, daß mich die dunkle Feierlichkeit der Sache so beeindruckte, daß ich mich zusammennehmen mußte, um nicht immer die Wahrheit zu sagen.
»Und nun, Herr Pfarrer«, sagte ich, als er in der Annahme, alle meine Übertretungen des sechsten Gebots zu kennen, eine Pause machte, »muß ich Ihnen noch gestehen, daß ich nicht nur an Gott, sondern auch an meinen Heiratsplänen zweifle.«
Aber er verstand mich falsch, glaubte, daß ich an Elviras protestantischem Glauben was auszusetzen hätte, betonte, daß auch dieser christlich sei, warnte mich vor den Atheisten, langweilte mich mit Geschichten von wunderbaren Bekehrungen, stimmte Lobgesänge auf eine gute christliche Ehe an und wünschte mir zum Schluß viele Kinder. Mehrmals versuchte ich vergeblich, ihn zu unterbrechen; als er schließlich schwieg und lateinische Gebete murmelte, wagte ich es nicht mehr. Ich wußte nun, daß es unsinnig gewesen war, von ihm Rat zu erwarten. Schließlich war – außer Elvira – niemand so sehr wie er an dieser Trauung interessiert.

»Schönen Dank und auf Wiedersehen!« sagte ich und stand auf. Froh darüber, das hinter mir zu haben, tat ich es zu schnell. Mit hörbarem Krach riß die Hosennaht weiter auf. Ich spürte frische Luft zwischen den Beinen. Verwirrt vor Schreck, machte ich ein paar Schritte, fiel über eine Betbank und riß dabei einen Vorhang herunter. Sonnenlicht fiel durch ein Fenster und blendete mich. Ich sah undeutlich eine Tür vor mir, öffnete sie und – stand im Freien.

Im ersten Augenblick war ich erschrocken. Während ich noch die Klinke in der Hand hatte, dachte ich an den Zylinder, an Tante Trude und die Leute in der Kirche, aber dann faßte ich nach meiner Hose, und mir wurde klar, daß die Verwechslung der Türen eine Fügung des Himmels war: Die Naht war vom Schlitz bis zum Hinterteil aufgerissen. Sie erinnerte an die Hemdhosen meiner Kinderzeit.

Ich sah mich rasch nach allen Seiten um. Über mir schwankte eine Linde ihre Äste im Sommerwind. An ihrem verkrüppelten Stamm lehnten rostige Grabkreuze; die dazugehörigen Hügel waren schon eingeebnet. Ich befand mich im ältesten Teil des Friedhofes, auf der dem Eingangsportal abgewandten Seite der Kirche. Unter Menschen konnte ich mich in diesem Aufzug nicht mehr wagen. In Sekundenschnelle war mein Entschluß gefaßt. Ehe der Pfarrer Zeit fand, sein verirrtes Schäfchen wiederzuholen, mußte ich verschwunden sein. Ich sprang hinter den Stamm der Linde und übersah meinen Fluchtweg. Die seit Jahrzehnten nicht mehr erneuerte Friedhofsmauer war kein Hindernis. Dann kam die Straße, die menschenleer war wie um Mitternacht, dann zwei Höfe, und dahinter begannen die Pferdekoppeln.

Mit ein paar Sprüngen war ich an der Mauer, Augenblicke später schon dahinter. Gebückt schlich ich bis zur Ecke, von wo aus die Straße zu übersehen war. Zwischen der Kirche und Dickopps Haus drängten sich die Menschen.

Hinter ihnen schob sich eine schwarze Wolkenwand herauf. Ich rannte über die Straße an den Häusern vorbei bis zur letzten Hofecke, kroch durch den Koppelzaun und legte mich schweratmend auf die Wiese. An den Knien war die Naht jetzt auch aufgerissen, aber das kümmerte mich nicht mehr. Ein kühler Wind fuhr vom Luch her über das Dorf; mir war, als ob er alle Sorgen aus mir herauswehte.

Die Gärten hinter den Höfen waren zum Glück nicht eingezäunt. Ich sprang über Mohrrüben- und Kohlbeete, verhedderte mich in Kartoffelkraut und erreichte gerade noch die Scheune hinter dem Lehrerhaus, als das Gewitter begann.
»Hattest du kein Interesse an meiner Hochzeit?« fragte ich, als ich in Gräbers Stube trat.
Er konnte nicht antworten vor Lachen.
»Ich bin dabei, meinen Wohnort zu wechseln.«
»Aber doch nicht etwa in dem Zeug?«
»Nein, das wirst du den Besitzern wieder abliefern!« Ich riß mir den Rock vom Leibe und zog die lädierte Hose aus. Hans wickelte alles in eine Zeitung. »Wo liegen deine alten Klamotten?« fragte er noch, bevor er ging.
Ich setzte mich in Unterhosen an seinen Schreibtisch und drehte mir von seinem Eigenbau eine Zigarette. Ich hatte das Drehen fast verlernt. Die Zigarette wurde dick und unförmig, aber sie schmeckte mir.
Ich dachte an Elvira. Sicher saßen sie jetzt alle in der guten Stube. Die Alte flucht. Dickopp verbeißt sich das Lachen. Elvira weint, Trude heult zur Gesellschaft mit. Der lange Lehmann versucht mit piepsiger Stimme zu trösten: Er wäre nie ein richtiger Bauer geworden. Elvira nickt unter Tränen und gewöhnt sich schon daran, bald Frau Lehmann zu heißen.
Vom Schreibtisch aus konnte ich durchs Fenster sehen. Mit hochgezogenen Schultern kam Hans durch den Regen gerannt. Als ich meine alten Sachen anhatte, war das Gewitter schon vorbei. Nur in der Ferne grollte noch was.
Gräber stand in der Tür, als ich die Straße überquerte. Ich winkte ihm noch einmal zu und ging den Pflaumenweg entlang aus dem Dorf hinaus. Als ich im freien Luch war, begann ich laut zu singen.

Urlaub

Der Soldat setzte ein gelangweiltes Gesicht auf und ging auch in das dritte Lokal, aus dem er Musik hörte. Hier war die Gaststube lang und schmal, die Tische nur mäßig besetzt, aber an der dem Eingang gegenüberliegenden Wand drängelten sich die Männer, um an die Theke heranzukommen.
Vom Eingang her war zu sehen, wie ihre Münder sich zum Schreien und Lachen öffneten, aber das Schreien und Lachen hörte man nicht, da der Lärm, der aus dem Tanzsaal kam, alles übertönte. Der Saal war gleich links, nach drei bis vier Schritten durch die Gaststube war man an der offenen Tür, sah die Girlanden, die verschwitzten Gesichter, einige Papiermützen und dahinter die lärmende Kapelle.
Der Soldat setzte sich an den ersten Tisch in der Gaststube, legte Mütze und Koppel auf einen freien Stuhl, sah sich suchend um und blickte dann aufmerksam durch die offene Tür in den Tanzsaal. Als der Kellner mit leeren Gläsern aus dem Saal kam, hob er die Hand, um ihn auf sich aufmerksam zu machen, aber der Kellner lief vorbei, bahnte sich mit der freien Hand einen Weg durch die Menge, setzte das Tablett auf der Theke ab, wartete, bis die Wirtin Bier abgefüllt hatte, und hastete wieder los. »Herr Ober!« rief der Soldat, aber er rief es zu leise. Der Kellner schrie: »Vorsicht!«, als er in den Saal kam, und die Tänzer, die nach einer Wiederholung klatschten, machten ihm Platz.
Die Kapelle begann wieder zu spielen, und der Soldat beobachtete genau die Paare, die sich an der Tür vorbeischoben, bis ihm ein schwitzender Mann, der sich fortwährend mit dem Taschentuch über die Glatze fuhr, auf die Schulter schlug und sagte: »Der Platz ist besetzt, General!«
Der Soldat versuchte ein Lächeln, stand auf, stellte sich an die Wand zwischen Eingangs- und Saaltür und musterte alle Leute, die nach dem Tanz aus dem Saal kamen und sich setzten. Eine blondgefärbte Frau mit ältlichem Gesicht saß an dem Tisch, an dem er zuvor gesessen hatte, und starrte ihn

herausfordernd an. Er wandte den Blick ab, löste sich von der Wand und ging langsam durch die Saaltür bis dicht an den Rand der Tanzfläche. Und da sah er sie.

Sie saß an einem Ecktisch, hatte das schwarze Taftkleid an, und ein Mann legte ihr die Stola um die nackten Schultern. Eine Sekunde lang ließ er seine Hände an ihrem Hals liegen. Sie beugte ihr Gesicht nach unten, bis fast auf die Weingläser, und der Mann küßte sie in den Nacken, grausam lange, und als sie den Kopf wieder hob, zogen sich ihre Augen zu schmalen Spalten zusammen, und ihr Mund öffnete sich leicht wie unter Schmerzen. So sah sie den Mann an, und keine Spur von Lächeln milderte diesen Blick.

Der Soldat wurde beiseite gedrängt, als der nächste Tanz begann. Er beachtete niemanden mehr, stand mit leerem Blick an der Wand, ging nach langer Zeit zurück in die Gaststube und stellte sich an die Theke, die jetzt ziemlich leer war. Er bestellte Bier und Schnaps und trank so hastig, daß die Wirtin nach dem dritten Glas ihm mütterlich zulächelte und sagte: »Ich würde mir den Urlaub nicht durch Schnaps vermasseln.«

Er schob ihr wortlos die Gläser zum Nachfüllen hin und rückte beiseite, als der schwitzende Mann an die Theke kam.

»Kalt geworden«, sagte der Mann und fuhr sich mit dem Tuch über die Glatze.

»Es wird wohl schneien heute nacht«, sagte die Wirtin, ehe sie sich anderen Gästen zuwandte.

»Urlaub?« fragte der Mann. Und als der Soldat nickte, sagte er: »Natürlich eine Enttäuschung. Kann ja nicht anders sein. Man freut sich zu lange darauf.«

Der Soldat trank, und der Mann sah den Ring und sagte: »Sollte wohl eine Überraschung sein? Das geht nie gut, das sollte man sich selbst nie antun. Du kannst noch froh sein, daß sie es nicht zu Hause macht.«

»Ich weiß nicht, wovon Sie reden«, sagte der Soldat.

»Ich war sechs Jahre beim Kommiß, ich kenne das. Erst ging es mir auch so wie dir, aber das gibt sich. Und schließlich tuts nur weh, wenn mans weiß. Und deshalb: immer ein Telegramm vorher schicken!« Der Mann rückte näher an den Soldaten heran. »Ich war ja auch nicht besser. Zwei Jahre Paris!

Meinst du, sie hat es nicht gewußt? Aber sie hat mich nicht gefragt und ich sie auch nicht.«
»Damals war Krieg!«
»Na und? Sicher ist es heute noch schlimmer. Sie sind satt, ausgeschlafen, und Männer gibts auch mehr als genug.«
Der Mann roch nach Schweiß, und in seinem Gesicht war neben der Neugier auch Freude, den jungen Soldaten zu quälen.
»Das gemeinste ist, daß sie bei anderen nicht eine Spur anders sind«, sagte er.
»Nein!« rief der Soldat.
»Doch! Du denkst vielleicht, daß Scham oder Schuld oder Ekel sie anders machen. Keine Spur. Sie sind genau wie bei dir. Bei dir haben sie gelernt, was wirkt, und das wenden sie immer wieder an. Nicht nur die Haut, die Brust und alles ist genauso, auch das Lachen und das Stöhnen, die Bewegungen, und sogar die Wörter sind dieselben, die Wörter, die ihr euch ausgedacht habt.«
Voller Angst und Ekel sah der Soldat auf den qualligen Mund des Mannes, der unentwegt weiterredete.
»Man muß ihn totschlagen, denkt man, aber das hilft auch nicht. Dann ist es eben nicht der, sondern ein anderer. Es gibt zu viele, die besser dran sind als du, einfach weil sie zu Hause sind. Sinnvoller wäre es schon, sie totzuschlagen. Aber das beste ist, so zu tun, als ob man nichts weiß, es genauso zu machen und beides, so gut man kann, zu vergessen.«
»Nun ists aber genug!« sagte die Wirtin, man wußte nicht, zu wem.
Der Soldat wandte sich endlich von dem Mann ab und begegnete dem Blick der Blondgefärbten. Sie hob den Arm und winkte ihm. Er ging schwankend zu ihr an den Tisch und sah, daß sie seine Mütze und sein Koppel auf dem Schoß hatte. Er packte sie am Arm, zog sie hoch und schleppte sie in den Tanzsaal. Er taumelte beim Tanzen.
»Du hast ein bißchen viel getrunken, Kleiner«, sagte sie. Er blickte starr über ihre Schulter und schob sie aus dem Gewühl heraus, bis er sehen konnte, daß der Ecktisch leer war. Da riß er sich los und kämpfte sich zur Tür durch, rannte durch die Gaststube und auf die Straße. Er sah sie und den Mann auf der anderen Straßenseite in ein Taxi steigen und abfahren.

»Hier sind deine Sachen«, sagte die Blondgefärbte.
Er stand an die Wand gelehnt, rührte sich nicht und sah jetzt ganz so aus wie einer, dem eine Wirtin mütterliche Ermahnungen geben konnte. Die Frau stand eine Weile fröstelnd neben ihm. Dann setzte sie ihm die Mütze auf den Kopf, hängte das Koppel an die Türklinke und ging wieder hinein.
Und nun fing es wirklich an zu schneien. Wie feiner Staub fiel der Schnee aus dem Nachthimmel zwischen die Häuser.

Vergißmeinnicht

Das Geschäft lief gerade richtig an, als die junge Frau, die ihm vorher so viel Ärger gemacht hatte, schon zurückkam. Seiffert sah sie den Hauptweg entlangkommen, langsamer als es der gute Ton vorschreibt, bleich, schwarz gekleidet, den geliehenen Korb am Arm, und es wunderte ihn, daß sie so schnell mit dem Bepflanzen des frischen Grabes fertig war.

Es war zehn Uhr, und der an den ersten sonnigen Sonntagen des Jahres übliche Andrang begann. Die Leute – Frauen meist, selten mit Mann oder Kind, nie Männer allein – drängten sich an der Pforte, zwangen sich, wenn sie aus dem Schatten der Mauer heraus waren, den langsamen Friedhofsschritt auf, blickten nach links auf die in quadratische und rechteckige Felder geordneten Töpfe und Kästen, blieben stehen, überlegten, gingen weiter, kamen näher, musterten das Angebot, verglichen die Preise, und jede Minute etwa, stellte sich eine in die Reihe der Käufer, an der Seiffert hin und her hastete, bei der Auswahl half, verpackte und Geld einnahm. Selten wußte eine gleich, was sie wollte, meist hieß es erst, was ist dies, wie und wann blüht es, was kostet es, ist es winterhart, muß es oft gegossen werden, geben Sie zehn davon, nein, nur fünf und fünf davon, paßt das überhaupt zusammen, warum keine Schnittblumen, was heißt: noch nicht, wozu gibt es Treibhäuser, und dann lohnte die Rechnung den Aufwand nicht, und die Wartenden murrten, aber wenn sie dran waren, machten sie es nicht anders, und der alte Seiffert wurde schweigsam vor Wut über diese Hinterbliebenen, die für ihre Toten nicht eine Stunde früher aufstehen konnten, um vor dem Stoßgeschäft dazusein.

Die junge Frau war früher dagewesen. Sie hatte für ihren Toten reichlich Zeit, aber wenig Geld gehabt. Lange hatte sie das magere Angebot studiert und still für sich gerechnet, bis Seiffert sie gestört hatte, um ihr Stiefmütterchen, die nur 16 Pfennig kosteten und sehr gefragt waren, auszureden, und da Rosen wohl nicht in Frage kamen, zu den massenhaft vor-

handenen Vergißmeinnicht (14 Pfennig das Stück) oder zu Waren mittlerer Preisklasse zu raten. Erst hatten es niedrige Eriken (61 Pfennig) sein sollen, dazu hatte das Geld nicht gereicht. Dann hatte er ihr ausführlich erklären müssen, warum es keine Primeln gab. Dann hatte sie sich für Stiefmütterchen entschieden, aber während er knurrend in den Schuppen gehumpelt war, um die letzten zu holen, waren sie ihr für den ernsten Gatten zu bunt erschienen. Also doch Vergißmeinnicht! Und wieviel? Vierzig? Sie hatte entsetzt getan, als hätte er Grund, ihr mehr aufzuschwatzen, als sie brauchte.
Und jetzt kam sie schon wieder zurück. Sie wollte an der Schlange der Wartenden vorbei, aber jemand sagte was zu ihr, und sie kehrte um und stellte sich schweigend hinten an, obwohl sie doch nur den Korb zurückzugeben hatte. Seiffert wollte sie schon nach vorn beordern, ließ es aber, weil er fand, daß so viel Schüchternheit Strafe verdiente. Er nahm sich vor, ihr, wenn sie an der Reihe war, wortlos den Korb abzunehmen, ihn hinter das Feld der Rosentöpfe zu werfen und die nächste zu fragen, was es denn sein sollte. Aber als sie endlich dran war, konnte er ihrem hilflosen Blick nicht ausweichen und ihre leise gesprochenen Worte nicht gleich begreifen.
»Bitte, nehmen Sie die Blumen wieder zurück!« sagte sie. Er hatte den Korb schon in der Hand, spürte sein Gewicht, aber erst jetzt sah er, daß er noch gefüllt war, daß die Vergißmeinnicht noch so standen, wie er sie aufgereiht hatte. Er hatte die Erdballen aneinanderpressen müssen, um sie alle unterzubringen, und die letzten drei Pflanzen obenauf gelegt.
»Blumen sind vom Umtausch ausgeschlossen«, sagte er und gab ihr den Korb zurück. »Der nächste, bitte!«
Sie hatte ihm vorhin schon reichlich Zeit gestohlen für die paar Mark. Das Theater mit ihr würde von neuem losgehen und die Schlange immer länger werden.
»Ich möchte sie nicht umtauschen, ich möchte sie zurückgeben!«
»Noch besser!« sagte er und hielt der nächsten Kundin einen Rosenstrauß vor die Nase, den sie sich rundum besah, als verstünde sie was davon. »Gekauft ist gekauft! Und falls Sie sich im Friedhof geirrt haben: Sie dürfen die Vergißmeinnicht auch auf dem Nachbarfriedhof pflanzen. Das sind Edel-

rosen, liebe Frau, die kriegen Sie nirgendsonst für den Preis!«
»Ich habe mich nicht geirrt«, sagte die junge Frau leise, »das Grab ist schon bepflanzt.«
»Geht mich nichts an!« sagte er.
Er hatte zu viel Vergißmeinnicht mitgenommen, die würde er sonntags nicht loswerden. Sie blühten noch nicht, und Leute, die selten kamen, wollten ihre Gräber gleich schön haben, nicht erst später, wenn sie es nicht sahen. Die noch knospenden Vergißmeinnicht waren für wochentags, für die alten Frauen, die er mit Namen kannte, weil sie fast täglich kamen, denen der Friedhof auch Erholungspark und Schrebergarten war.
»Aber was soll ich machen?«
»Sie in den Garten pflanzen.«
»Ich habe keinen Garten.«
»Auf den Balkon.«
»Habe ich auch nicht.«
»Dann lassen Sie sich das Geld von der zurückgeben, die Ihnen diesen Streich gespielt hat.«
»Ich weiß nicht, wer es sein könnte.«
»Die Schwiegermutter vielleicht.«
»Wir haben keine Verwandten hier.«
»Vielleicht eine von seiner Arbeitsstelle.«
»Unmöglich.«
»Dann reißen Sie das Zeug raus und pflanzen Ihres hin.«
»Das geht nicht. Es ist viel schöner so. Blühende Erika, die hohe Sorte!«
Sie sah suchend umher, um ihm die Blumen zu zeigen, fand sie aber nicht. Er hatte die hohe Sorte in diesem Jahr noch nie gehabt, die Genossenschaft hatte sie aus irgendwelchen Gründen nicht geliefert. Die Augen der jungen Frau füllten sich mit Tränen; Seiffert konnte nicht mehr hinsehen; er verkaufte weiter und hörte, während er rechnete und auswählte und einpackte, ihr Schluchzen neben sich und ärgerte sich über die Hartnäckigkeit, mit der sie hier stand und den Kunden was vorheulte, nur der paar Mark wegen. Und dann fiel ihm plötzlich ein, daß er immer so geredet hatte, als könne nur eine Frau die Blumen gepflanzt haben. Es war unbeabsichtigt und unüberlegt geschehen, weil Männer hier selten

kamen, weil Frauen meist die zähen sind und überleben und weil die Männer nie allein bleiben und schneller vergessen und weil ihnen das gute Verhältnis zu Toten und zu Blumen fehlt und weil sie meist besser verdienen und mit dem Gärtner eher einen Pflegevertrag abschließen, als selbst zu pflanzen und zu hacken und zu gießen. Und er sagte, während er Rosen verpackte: »Hohe Erika, sagen Sie? Das ganze Grab bepflanzt? So viel habe ich in den letzten Tagen nur einmal abgegeben, einem Mann, wäre für einen alten Freund, sagte er.«

Die Frau wurde still, putzte sich die Nase, wartete, bis Seiffert das Geld für die Rosen hatte, und fragte: »So ein großer?«

»Ja, groß war er.

»Schwarz?«

»Ja, groß und schwarz.«

»Redet ein bißchen sächsisch?«

»Ja, ein bißchen.«

Die junge Frau lächelte und stellte den Korb auf die Erde.

»Alfred, natürlich Alfred«, sagte sie, und dann ging sie. Der alte Seiffert bediente weiter, sah die Frau durch die Pforte verschwinden, und zu der nächsten Kundin, für die Rosen wohl nicht in Frage kamen, sagte er: »Vergißmeinnicht, vierzig Stück, schon verpackt, nur vier Mark, ohne Korb natürlich.«

Traumstationen

Keine Herberge

Um die schneckengleich kriechende Zeit zu verkürzen, laufe ich gern noch zum Postkasten.

»Ich gehe!« rufe ich vom Korridor aus gegen fünf geschlossene Türen und öffne die sechste, die Wohnungstür. Aber niemand antwortet; denn sie wissen alle, daß ich in drei Minuten wieder hiersein werde, und sie haben zu tun. Im Wohnzimmer schmückt Vater den Baum. In der Küche sortiert Mutter Gebäck. Im Schlafzimmer übt Karl Gitarre, Gisela sortiert Geschenke, und im Bad kämpft Wolfgang mit Pomade gegen widerspenstiges Haar. Ich lasse die Tür ins Schloß fallen, schleiche die Treppe hinunter, und horche, ob in den Wohnungen schon Weihnachtliches geschieht. Aber bei Lazar und Krietmann ist alles still, bei Kösling schreit das neue Baby, und die alte Hildebrandt dreht die Kaffeemühle, die an der Küchentür hängt und viel Lärm macht.

Im dürftigen Flurlicht ist zu erkennen, daß vorn auf der Postkarte Klein Jesus im Krippenbett liegt und hinten Mutter, Vater, Tochter und Söhne Wünsche senden, anläßlich des Festes, das auf der Straße schon begann mit feierlicher Stille, makellosem Weiß und Laternenlichtgefunkel auf glattgetretenem Schnee. Ich gehe auf dem Rinnstein, wo noch kein Mensch vor mir gegangen ist, drücke andächtig Schuhformen in Schnee und bewundere nach jedem zehnten Schritt meine Schöpfung. Am Postkasten brauche ich mich nur noch wenig auf die Zehen zu heben, um den Briefschlitz zu erreichen.

In der Wohnung über dem Bäckerladen wird schon gefeiert. Ich stehe und staune, daß die Leute sich an einem Baum freuen können, an dem nichts richtig ist: Die Kerzen sind elektrisch, die Kugeln nicht bunt, es fehlen die Engel und vor allem der Bethlehemstern, der doch über der Krippe stehen muß, wenn wir Gedichte aufsagen, singen und bei der Weih-

nachtsgeschichte jedesmal wieder erschrecken, wenn kein Raum in der Herberge ist.
Der Postkasten, die Rudower Allee, die Teterower Straße, der Park und Wendorfs Trinkbude – meine ganze Welt sieht nach Weihnachten aus, und ich bin allein auf ihr, was wunderbar ist, aber auch Grund zum Loslaufen, mit gesenktem Kopf, den Blick auf die Füße gerichet, die immer fünf Anlaufschritte machen und dann einen Schlitterversuch, und die unser Haus auch allein finden, wie ich oft ausprobiert habe, am besten dann, wenn ich nicht daran denke, wenn ich das ganz allein ihnen überlasse, die nicht bei 6 (wo das kleine Mädchen gestorben ist), nicht bei 7 (wo der gefürchtete Verwalter wohnt) vom Gehweg rechts abbiegen, sondern erst jetzt hier, auf die drei Stufen zurasen und sie gleich mit einem Sprung nehmen werden, während ich das Gesicht hochreiße, um triumphierend die schwarzemaillierte 8 auf weißemailliertem Schild über dem Rundbogen der Haustür zu lesen.
Und ich sehe hoch, und das Schild ist da.
Aber ich springe nicht.
Denn das Schild ist nicht weiß, sondern schwarz. Und die Zahl ist nicht schwarz, sondern weiß. Und sie ist keine 8, sondern eine 138. Und der Rundbogen fehlt. Und es gibt keine drei Stufen, sondern nur eine. Und der Schalter im Flur leuchtet und löst Lichtfluten aus, und die Treppen haben nur acht niedrige Stufen, und im Parterre wohnen nicht Köslings, sondern Dauns.
Aber die Bäume draußen stehen doch, wo sie hingehören; die Straßenbahnschienen glänzen wie immer; der noch immer gleiche Hydrantendeckel bringt den Schnee zum Schmelzen, und das Straßenschild an der Ecke behauptet noch immer: dies ist die Rudower Allee! Und ich möchte es ja auch glauben und laufe noch einmal los und zähle die Hauseingänge ab, aber es bleibt dabei: sechs ist 140, sieben 139 und acht 138, wo an Köslings Tür plötzlich Daun steht und an Lazars Krause und an unserer Lobhold, ich aber trotzdem klingle und eine festlich gekleidete Dicke mir öffnet, süß lächelt und auf Worte wartet.
Wo ist Mama? Hier wohnen wir doch! oder: Was habt Ihr mit meinen Brüdern gemacht? will ich sagen, kann aber nicht, starre stumm auf die fette Frau und den fetten Mann, der mit

demselben Einladungslächeln neben sie tritt, wundere mich, daß ich die Füße noch bewegen kann, rückwärts, aus dem klebrigen Umkreis dieses Lächelns heraus, Schritt für Schritt auf die Treppe zu, bis ich mich mit plötzlicher Wendung losreißen kann, mit langschwebenden Sprüngen hinunterkomme, die Haustür erreiche, die Kälte, die Bäume.

Raub der Europa

Als der widerliche Kerl sie an der Haltestelle anstarrte, als wäre ich nicht da, als dürfte er auf eine Erwiderung seines Blickes hoffen, konnte ich mich noch schützend vor sie stellen; jetzt bin ich von ihr getrennt, stehe eingekeilt zwischen Frauen und Männern, die wie wir von der Arbeit kommen, kann die Füße nicht bewegen, weil da rechts und links und vorn und hinten andere Füße stehen, kann die Hände nicht heben, um ihr zuzuwinken, da die Arme mir von fremden Körpern an den Leib gepreßt werden, kann sie nur, wenn ich den Kopf zur Seite lege, sehen, in der Ecke neben der Tür, die Rosen an die Brust gepreßt, kann ihr nur zulächeln und warten, daß sie den Blick hebt und mich sieht und mir das Lächeln zurückgibt und die Wimpern ein wenig flattern läßt, damit ich weiß: Alles ist gut, und niemand tut ihr weh, und ihre Hand ist noch da für mich und ihr Haar und ihr Schoß und die Narbe unter dem Knie, damit ich weiß: Alles ist noch wie vor einer Minute und wird auch noch in einer Woche und in einem Jahrzehnt so sein.
Aber ich warte vergebens. Sie hat ihr Gesicht über die Rosen gebeugt, und als sie endlich aufsieht, sieht sie nicht mich an, sondern den Kerl, der sich in ihre Nähe gedrängt hat, der sie anquatscht und nicht aufhört zu reden, obwohl er ihrem verschlossenen Gesicht doch entnehmen kann, daß keine Chancen für ihn bestehen. Die Räder dröhnen über die Schienen, ich kann nicht verstehen, was er sagt, sehen kann ich nur seinen breiten Rücken, den Fettnacken mit Pickelnarben und schmutzigen Pflasterresten, und als die Bahn hält auch seine schwarzbehaarte Hand, die er ausstreckt, um auf etwas aufmerksam zu machen. Und als ich sehe, daß ihr Blick, ohne mich noch einmal zu suchen, der Richtung seines Armes

folgt, geht mein Zorn in Angst über, und ich versuche, mich aus der Umklammerung der Körper zu befreien. Aber es gelingt nicht. Ich stehe wie gefesselt und starre wie sie auf den Platz hinaus, auf dem das Auto steht, ein flaches, weißes Ding, das schamlos mit seinen roten Polstersitzen protzt, ein Sportwagen oder wie man das nennt, weiß, rot, rot, weiß, ein Wartburg, ein Porsche, ein Fiat. Ich kenne mich da nicht aus. Sie aber, die ihre Nase an der Scheibe plattdrückt und mich vergessen hat, kennt alle Firmen und Marken und Arten, die erreichbaren und die unerreichbaren, mit Preis und Ausstattung und Höchstgeschwindigkeit und Benzinverbrauch, sie hat sie mir oft genug aufgesagt wie Gedichte, hat sie mir zugeraunt wie Beschwörungsformeln, hat sie mir vertrauensvoll gebeichtet wie einen seit Kindertagen wiederkehrenden Traum, der endlich seinen Schrecken verloren hat: weil sie nicht mehr allein ist, weil ihr unvermutet das andere Ich geschenkt wurde, die zweite bei der Schöpfung verlorene Hälfte, die sie erst ganz und voll werden ließ, so daß sie die Hoffnung auf das Traumding mit Rädern nicht mehr brauchte, nicht mehr von Margarine und Kartoffeln leben, nicht mehr die abgelegten Kleider anderer Leute tragen, und im Urlaub zu Hause bleiben mußte, um irgendwann einmal die erforderlichen Tausende aufgehäuft zu haben. Gelernt hatte sie wieder, das Gehen auf eignen Füßen nicht als Notbehelf zu betrachten, lachen konnte sie schon über die Sage vom Auto, das Selbstbewußtsein, Ansehen, Freiheit und Glück beschert, die teuersten Pullover konnte sie kaufen und Forellen essen. Jetzt aber überwindet sie den Ekel vor der behaarten Pranke und sieht nur den rot-weißen Stier, der still darauf wartet, daß sie ihn besteigt. Ich schreie. Die Leute um mich sind empört. Sie aber hört mich nicht, denn die Straßenbahn kreischt in der Kurve, während sie den Platz umfährt, auf dem das Auto seine glatte Haut funkeln läßt und ins Leere glotzt mit seinen mandelförmigen Augen.

Wie eine Fahne wird ihr Haar über den Polstern flattern. Die Schnelligkeit wird sie unser Glück vergessen lassen.

Die Straßenbahn steht. Bleib doch! Bleib! Ich will eine Bank ausrauben und dir auch so ein Ding schenken.

Schon faßt er nach ihr, zieht sie hinaus. Sicher ist er am gan-

zen Körper behaart. Du wirst fiebern vor Ekel auf den roten Polstern. Ich schreie, versuche um mich zu schlagen, bin aber wie gelähmt.
Meine Rosen liegen auf dem Asphalt. Über allen Straßenlärm hinweg dröhnt mir das dumpfe Zufallen der Wagentür ins Ohr.

Stadtbummel

Wir gehen durch die Stadt. Erst schreiten wir tüchtig aus. Später, wenn die Straßen bunter und belebter werden, bummeln wir von Schaufenster zu Schaufenster, warten ohne Ungeduld mal auf Kat, die vom Puppenladen, mal auf Gudrun, die vom Schuhgeschäft nicht wegkommt, reden dabei von alten Zeiten, von Lehrern, Unteroffizieren, von dem fremden Ort, in dem mein Freund Erich seit zwei Jahrzehnten wohnt, und schlendern dann weiter, ohne Ziel, nur um an dem Tag, den wir Erichs Besuch wegen zum Feiertag gemacht haben, auch spazierenzugehen.
Als wir Stadtteile erreichen, die wir noch nie gesehen haben, faßt Kat meine Hand und läßt sie nicht mehr los, während wir Gudrun und Erich folgen, die zwei, drei Schaufenster ausgelassen haben, plaudernd weitergehen und noch bei grünem Licht die Kreuzung passieren, an der wir warten müssen.
Hinter ihr wird das Menschengewühl dichter. Wir kommen schlecht voran. Zum Glück ist Erich sehr groß und sehr blond, so daß ich ihn nicht aus den Augen verliere. Aber obwohl wir schneller und schneller gehen, scheinen wir uns den beiden um keinen Meter zu nähern, was mir leid tut, da ich ihnen den Vorschlag zur Umkehr machen will. Denn ich weiß nicht mehr, wo wir sind, traue mir aber eine Rückkehr auf gleichem Wege noch zu, falls die hastenden Leute auf Fragen nicht antworten sollten oder könnten. Und wonach sollten wir fragen? Unsere Straße kennt hier bestimmt niemand.
Kat zerrt an meiner Hand. Sie weint, weil wir am Spielzeugladen vorbeigegangen sind. Wir gehen also die paar Schritte zurück, und ich blicke mich dabei fortwährend nach dem

Blondkopf um, der an der nächsten Ecke mit dem Menschenstrom nach rechts biegt. Jetzt laufen wir los und halten uns fest dabei, was das Vorwärtskommen erschwert. Jeder allein käme besser voran. Aber das macht Kat nicht mit.
Als wir die Ecke erreichen, sehe ich die beiden in einem der vielen Geschäfte verschwinden. Ich hefte meinen Blick starr auf diese Tür, die sich nicht von anderen unterscheidet, und laufe, ohne den Blick zu lösen, darauf zu und hinein.
»Sie wünschen?« fragt ein Herr und bekommt keine Antwort. Ich bin mit drei großen Schritten an ihm und dem Tisch mit den preisgeminderten Pullovern vorbei und habe den Blick frei auf den langgestreckten Verkaufssaal, an dessen Ende Erich einen Vorhang beiseite schiebt und mit Gudrun dahinter verschwindet. Ohne sich umzusehen.
Als wir dort sind, steht eine uniformierte Verkäuferin davor und fragt, was wir suchen.
»Den Ausgang!« sage ich geistesgegenwärtig.
»Bitte!« sagt sie und weist dorthin, wo wir herkommen.
»Und dort?« frage ich und zeige auf den Vorhang.
»Die Umkleidekabine! Ist aber besetzt.«
»Durch meine Frau!« rufe ich und gerate mit der Uniformierten ins Handgemenge. Mit schmerzhaftem Griff packt sie meinen Arm. Ich mache mich frei, schiebe den Vorhang beiseite und öffne die dahinter befindliche Tür, die aber sofort von innen zugeschlagen und abgeschlossen wird. »Besetzt!« sagt dazu Erichs entrüstete Stimme.
»Gudrun!« schreie ich und gehe zwei Schritte zurück, um mich mit dem Körper gegen die Tür zu werfen, werde aber festgehalten, rechts von meiner Tochter, der zuliebe ich die Tür nicht berenne, links von der Angestellten. Ich nehme meinen Hut vom Boden auf und setze mich still auf den Stuhl vor dem Strumpftisch. Die Leute, die einen Halbkreis um uns gebildet haben, versuche ich nicht zu beachten.
»Sieh doch, dort hängen Kinderkleidchen«, sage ich so ruhig wie möglich zu Kat.
Aber sie will nicht weg, will meine Hand nicht loslassen. Sie zwängt sich mit auf den Stuhl, und bald danach liegt ihr Kopf an meiner Schulter. Wenn die letzten Neugierigen sich verlaufen haben, wird sie schon eingeschlafen sein.
So sitzen wir und warten.

Und eines Tages dann ist Karlheinz, mein großer Bruder, wirklich wieder da. Er ist am Kino vorbeigegangen bis zur Litfaßsäule, und genau an der Stelle, die wir alle benutzten und die ich noch heute benutze, kommt er über die Straße, im weißen Nylonhemd, das Jackett im Arm, eine Hand in der Tasche, ohne jedes Gepäck – das werden zwei Lastträger bringen oder das Expreßgutauto. Er geht auf die Stelle zu, an der das Eckhaus gestanden hat, durch das wir immer hindurch mußten, sieht die Rasenfläche und hebt dann den Blick zu unserem vierten Stock hinauf. Irgendwann einmal wird er beim Anblick des jetzt im Licht stehenden Hinterhauses »Die Sonne bringt es an den Tag, ausgleichende Gerechtigkeit« oder ähnliches sagen, aber jetzt ist er noch zu erstaunt, kennt sich nicht gleich aus; zweiundzwanzig Jahre sind eine lange Zeit.

Sein Blick sagt: So ist das also jetzt mit dem Haus, in dem ich geboren bin, das hatte ich anders in Erinnerung, fertig, abgemacht, und er geht über die Straße, die leer und still ist, denn es ist wohl ein Sonntagmorgen im Sommer, und ich gehe Milch holen, den Kleinen an der Hand, dem es ein Erlebnis ist, mit seinem Vater auf die Straße zu gehen, und der hoffentlich niemals vergessen wird, wie das war, als sein Onkel heimkam, morgens, unerwartet.

Und wir gehen aufeinander zu, langsam, zögernd, gar nicht so, wie man sich das als kinoerfahrener Mensch vorstellt. Zwar habe ich ihn sofort erkannt, wäre aber doch vorbeigegangen an ihm, wenn er nicht reagiert hätte; denn schließlich ist er ja vorbereitet, er weiß, daß er nach Hause kommt, muß damit rechnen, seinen jüngsten Bruder zu treffen; ich aber gehe aus dem Haus, um für meine Kinder Milch zu holen, und kann nicht ahnen, daß der große Bruder plötzlich nach zweiundzwanzig Jahren ohne Nachricht über die Straße kommt, da muß man zögern, auch wenn er sich kaum verändert hat oder gerade deshalb, denn das ist doch gegen jede Erfahrung, aber wahrscheinlich sieht man die Falten und Schärfen des Gesichts, den verbrauchten Glanz der Augen, den Fettansatz erst später, jetzt nur die noch immer vertrauten Züge, den spöttisch-wohlwollenden Blick, die schmale

Hand, gegen die die eigene stets plump und bäurisch schien und einem klarmachte, daß dem Großen nachzueifern ziemlich sinnlos war.

Natürlich ist dieser fatale Eindruck der Unterlegenheit auch gleich wieder da, als ich ihm die Hand schüttle und ihm dann etwas spät und nicht ohne das Gefühl unzulässigen Theaterspielens um den Hals falle und er wie immer lacht über meinen Hang zur Rührseligkeit. Und auch als ich ihm seinen Neffen vorstelle, lacht er ein bißchen, weil es ihm komisch vorkommt, daß sein kleiner Bruder eine Familie hat, und bei mir kommt sofort was von dem alten Trotz wieder: Ja, grinse nur, aber ich will eben nichts anderes als immer zu Hause bleiben und mittelmäßig normal sein. Natürlich will ich das nur, weil ich weiß, daß ich nichts anderes kann, schlimm ist nur, daß auch meine Frau das plötzlich weiß, als sie Karlheinz gegenübersteht. Ich bin ein bißchen beschämt, ein bißchen eifersüchtig, ein bißchen bockig, sehr, sehr stolz auf meinen großen Bruder und von einer Riesenfreude erfüllt über diese Heimkehr, an der ich ja nie gezweifelt habe, die nun aber durch die unvermutete Unterbrechung der Monotonie meines Lebens etwas Unwirkliches zu haben scheint. Am schnellsten überwindet meine Tochter diesen Eindruck. Ungeduldig hört sie sich noch mit an, wie ich von unserer letzten Begegnung erzähle, vierundvierzig, der zerstörte Bahnhof, Aussteigeverbot, zehn Minuten Aufenthalt, er mit vielen anderen an der Tür des Viehwaggons, gedrängt die Mütter davor, ein Pfiff, Winken, Weinen, dann fragt sie ungeduldig ihren Onkel, wie er es fertiggebracht hat, zweiundzwanzig Jahre Mutter und Bruder ohne Nachricht zu lassen, und ich habe Angst, daß er jetzt die Wirklichkeit seiner Heimkehr durch Unsicherheit und ungenaue Erinnerung selbst in Frage stellen, daß er vielleicht sogar zugeben wird, Karlheinz nicht zu sein. Aber er beginnt sofort sicher und genau zu erzählen, und alles stimmt mit dem überein, was wir schon wissen: Saint-Nazaire, im Rücken schon der Motorenlärm der amerikanischen Panzer, er sagt zu seinem Fahrer, wir machen Privatfrieden, sie steigen aus, laufen den Allied Forces entgegen, eine Hecke trennt sie plötzlich, für immer. Ja, das stimmt, das wußten wir schon; siebenundvierzig kam der Fahrer und besuchte uns. Aber dann? Was geschah dann?

Wir sitzen alle um den Küchentisch, er mir gegenüber und stopft sich die Pfeife mit märchenhaft duftendem Tabak, eine Spezial-Blend, er raucht keine fabrikmäßig gemischten Sorten. Zwei Minuten nach der Trennung vom Fahrer hatten sie ihn schon geschnappt. Verhöre, Gegenüberstellungen, kurze Ausbildung und dann ein feines Leben in Luxemburg am Sender für die deutsche Armee, aber nur bis Mai fünfundvierzig, dann PW, Lager, Hunger, Läuse, er war reif für ein Angebot vom Geheimdienst, zwanzig Jahre Verpflichtung, Schweiz, Österreich, Tanger, Griechenland, Südafrika. Er schüttelt sich. Aus, vorbei! Angst hierherzukommen? Da lacht er wieder den kleinen Bruder aus, den Weltfremden, den Hausvater. Keine Bange, der Wechsel war lange geplant, er hat es sich verdient, hier auszuruhen. Es fällt mir schwer, verstehend zu lächeln, weil ich an Mutter denke.
In unserem Trabant fahren wir hinaus zu ihr ins Altersheim. Noch ist Sonntag. Er fährt. Ich habe Angst vor jedem Polizisten, weil ich nicht wage, ihn nach seiner Fahrerlaubnis zu fragen. Aber er fährt gut. Das hat er im Kloster gelernt bei den fränzösischen Trappisten, den Schweigemönchen, die nicht sprechen und nicht schreiben dürfen, aber Auto fahren. Zwanzig Jahre hat er für eine Irrenanstalt Kranke gefahren. Gleich nach der Trennung vom Fahrer war er hinter der Hecke auf Leute vom Maquis gestoßen, war geflohen, hatte plötzlich vor einer endlosen Mauer gestanden, einer weißen, hohen, unüberwindlichen, er hatte sie überwunden, die stummen Brüder hatten ihn verborgen, in den Tagen der Ardennenschlacht schon hatte er die Gelübde abgelegt, ehrlichen Glaubens, aber es gibt Heimweh von solcher Stärke, daß alle Schwüre der Welt dagegen unwirksam werden.
Dann gehen wir den Parkweg zum Heim hinauf, er voran, den Kleinen an der Hand, meine Tochter am Arm. Als wir ihm Mutters weißes Haar hinter dem Fenster zeigen, winkt er ausgelassen, er weiß ja nicht, daß sie so weit nicht mehr sieht. Natürlich spricht er auch viel zu leise mit ihr, aber sie fährt ihn nicht an wie uns immer: Habt ihr denn nicht schon in der Schule deutlich und laut sprechen gelernt? Ihn umarmt sie nur immerfort und redet mit ihm wie mit Vater, an den ich mich kaum noch erinnere, für mich war Karlheinz immer so was wie Vater, und jetzt ist er wieder da, beruhigend vertraut

in seiner Selbstsicherheit, verwirrend fremd in seiner Jugendlichkeit, endlich wieder da, im weißen Hemd, nach zweiundzwanzig Jahren. Er hat doch nicht schreiben können bei Gefahr seines Lebens. Kaum war sein Fahrer hinter der Hecke verschwunden gewesen, hatte er sich ans Steuer gesetzt und war losgebraust, Richtung Heimat. Zwei Monate hatte er sich am Rhein verstecken müssen, ehe er unbemerkt hinüberkam. Winterschlaf bei einer Bäuerin im Harz. An einem Aprilabend endlich hatte er die Stadtgrenze erreicht, in einer Feldscheune bei Schönefeld – in vier Stunden hätte er zu Hause sein können – hatte ihn der Russe erwischt oder eine Russin vielmehr, eine Majorin, die ihn bei sich behielt, vier Monate in Uniform, ohne ein Wort Russisch zu können. Nataschas Entlassung, Heimkehr nach Sibirien, dort lebt er als Pelztierjäger, drei Kinder, in vier Wochen muß er zurück sein, der Flug dauert nur Stunden, Tage dann aber die Fahrt mit dem Hundeschlitten.
Irrsinniger Schmerz überfällt mich bei dem Gedanken an die Entfernung, die uns bald wieder trennen wird, aber er sieht mich von seinem Platz neben der Mutter her spöttisch an, und ich lasse meinen Kopf nicht an seine Schulter fallen, weil meine Frau dabei ist und die Kinder, die Große schon dreizehn, und ich weiß, daß ich Fieber habe und ruhig liegen muß, um die Frau nicht zu stören, die neben mir atmet, aber ich kann nicht mehr ruhig liegen, mein Kopf schmerzt, mich dürstet, doch das alles ist nicht so schlimm, da ja endlich mein großer Bruder wieder da ist, im weißen Nylonhemd, nach zweiundzwanzig Jahren.

Schöner Morgen

Ich stehe am Grashang und sehe hinab auf mein Tal. Schon glänzen die Baumwipfel in aufsteigender Sonne; silbern die Kiefern, hell die Birken, dunkel die Erlen am Bach. In all die Grüne gebettet liegt rot mein Haus.
Aber etwas ist anders als sonst. Ich spürte es schon beim Erwachen, doch erst jetzt nimmt das Bewußtsein es auf. Zuerst registriert es das Schweigen der Vögel, darauf das Fehlen der Stille und erst dann das Geräusch von Motoren.

Es sind keine Trecker. Schon ein Kilometer vor meinem Tal enden die Felder, dann beginnt der Wald, der abfällt zu sumpfigen Wiesen. Selbst wenn der Wind vom Dorf her weht, wird Treckerlärm nie so laut. Auch so gleichmäßig blieb er nie. Er schwillt langsam an und ebbt wieder ab, wenn die Trecker am Waldrand wenden. Jetzt aber dröhnt es gleichbleibend laut, übertönt von knirschendem Kreischen.
Ich durchquere das Tal. Noch hat die Sonne den Tau nicht getrocknet. Die Gummistiefel glänzen wie schwarzlackiert. Jeder Schritt abwärts verringert den Lärm und verstärkt den Gestank, der aus dem Bach aufsteigt. Sein Wasser hat sich getrübt. An Krümmungen schieben sich Öl und Schmutz zu faltigen Häuten zusammen. Gelblicher Schaum türmt sich zu schwimmenden Inseln.
Ich eile an Haus und Garten vorbei und den Sandberg hinauf bis zum Waldrand. Der Lärm ist jetzt ohrenbetäubend. Erzeugt wird er von einer Maschine, die Bäume ausreißt, bündelt, verschlingt, als graues Pulver ausscheidet und auf Lastwagen lädt, die auf Betonstraßen davonrollen zu hohen Betonspeichern, aus deren Schornsteinen rötlicher Qualm dringt, der zu Wolken geballt nach unten sinkt, auf mich zutreibt, mich einhüllt, mich zu ersticken droht, mir die Sicht nimmt auf die Maschine, die jetzt den letzten Waldstreifen angreift, zu dem auch die Kiefer gehört, an deren rissige Rinde ich mein Gesicht presse.

Brausebad

Das Wasser ist gut temperiert, heiß, aber nicht zu heiß, sein Druck richtig bemessen, stark, aber nicht zu stark. Gleichmäßig schlägt es auf Kopf, Schultern und Rücken, läuft an Bauch und Beinen ab, nimmt Seifenschaum mit und verschwindet unter den Holzrosten, deren Latten sich in die Fußsohlen drücken.
Der Genuß, den Wärme und Sauberkeit mir bereiten, läßt auf vorhergehende Kältestarre und Schmutzverkrustung schließen. Die Gelenke sind von jugendlicher Geschmeidigkeit. Ich strecke die Arme, werfe den Kopf in den Nacken, lasse die Ströme auf Gesicht, Brust und Bauch klatschen. Hinter

Dampfwolken wird die Decke sichtbar, ein riesiges Sieb, durch deren Löcher das Wasser fällt.
Begrenzungen lassen sich nicht erkennen, aber groß muß der Raum sein, denn die stimmenähnlichen Laute, die manchmal das Gleichmaß des Rauschens stören, kommen von weit her. Zwischen mir und den anderen steht eine Wand aus Nebel und Wasser. Ich schließe die Augen, gebe mich dem Glück des Augenblicks hin, der unendlich scheint.
Ein leises Pfeifen schwillt an zum Heulen, bricht abrupt ab, mit ihm die Wasserzufuhr. Die plötzliche Stille füllt sich mit Stimmen, mit Fluchen. Nackte Füße klatschen auf nasses Holz. Dampf schlägt sich nieder, gibt den Blick frei auf Massen männlichen Fleischs, weiß, rötlich, picklig, behaart, auf Hängebäuche, Fettwülste, lederne Haut, vorstehende Knochen, faltige Gesäße, auf Muttermale und Narben.
Unruhigen Schritts strebt das alles zum Ausgang, staut sich vor ihm, verknäult sich, ich mitten darin. Haut preßt sich an Haut. Man drängt von hinten, von seitwärts. Ein Stoß treibt mich durch die Tür, in den langen Gang, in dem rechts und links Holzbänke stehen, auf ihnen die Kleidung, sorgsam zusammengelegt, geschichtet, gerichtet, auf jedem Packen ein Handtuch.
Die Füße frieren auf kaltem Beton. Eilig trocknen wir die fröstelnden Körper, streifen die langbeinigen Unterhosen über, die langarmigen Unterhemden, die grauen Pullover, die grauen Hosen, die grauen Jacken, stülpen die grauen Mützen auf nasses Haar, hocken auf den Bänken, wickeln Fußlappen mit geübten Händen und zwängen Füße in harte Stiefel.
Jetzt erst sehe ich die Gesichter. Alle sind alt. Auch meins ist alt, aber nicht auf diese unanständige Art. Ich bin natürlichen Alters, die Häßlichkeit um mich herum aber ist Maskerade. Die Tränensäcke und Falten, Glatzen und Doppelkinne wirken wie angeklebt. Und alles stinkt nach Lysol.
In nervöser Hast wälzt die graue Masse sich durch den Gang. Mich quält der Gestank der Tuche und der Anblick der Gesichter, die mir fratzenhaft verkleidet nur vorkommen können, weil sie mir bekannt sind.
Draußen liegt Schnee. Von der Barackentür aus verbreiten sich über die weiße Fläche strahlenförmig schwarze Wege,

die alle an Erdaufschüttungen enden. Die Masse teilt sich in kleine Gruppen. Greisenhaft trippelnd eilen wir auf die Wälle zu, passieren den holzverschalten Eingang, greifen nach den Helmen und treten an unsere Plätze. Schon werden Anflüge von Bomberverbänden gemeldet. Die Kanone schwenkt herum, ihr Rohr hebt sich. Der Verschluß schnappt zu. Die Hand liegt am Abzug. Und in dem Moment, in dem der Schuß dröhnt, erkenne ich unter den Altersmasken die Schülergesichter von Krohn, Eggers, Eiserbeck, Hallwaß und Henning wieder und weiß genau, daß wir noch immer dabei sind, nie entlassen wurden, nie entlassen werden, daß wir in Uniform alterten und das, was ich Leben nannte, nur Traum war, geträumt im kurzen Moment des Vergessens unter der Brause.

Geschlechtertausch

1

Unser Geschlechtertausch vollzog sich viel zu schnell, als daß ich mir Einzelheiten des Vorgangs hätte merken können. Ehe mir klar wurde, was geschah, war es schon geschehen. In Erinnerung geblieben ist mir nur das mit der Verwandlung verbundene Geräusch: ein knirschend beginnendes Knacken, das dem Laut ähnelt, den beim morgendlichen Recken manchmal Schultergelenke verursachen. Leider ist es willkürlich nicht herstellbar. Vergeblich versuche ich es wieder und wieder – nur zur Erinnerung, behaupte ich, hoffe still für mich aber auf irgendwelche Wirkung.

Vorwürfe mache ich niemandem als mir selbst. Der Tausch war die wortwörtliche Erfüllung meines Wunsches. Mein Fehler war der aller Liebenden, nur hätte er mir nach zehn Ehejahren nicht mehr passieren dürfen: Ich hielt meine Umgebung für verändert, weil ich sie in bestimmten Momenten anders sah. Die Rangordnung der Dinge hatte sich mir verschoben. Da das Wesen der Welt sich mir in Anna verkörperte, verlor der Rest an Bedeutung. Warm, weich, beweglich in ihrem Schoß ruhend, schrumpfte mir Alltägliches zu kaum sichtbaren Punkten zusammen. So hoch waren wir gestiegen, so endgültig hatten wir den Gipfel erreicht, die Erde unter uns gelassen, daß jede Verbindung mit ihr verloren schien. Wir schwebten, schwerelos einer in den anderen verklammert, um ihn nicht zu verlieren, um nicht allein zu bleiben in einsamer Höhe, wo Glück Schmerz ist und Schmerz Glück und nur ein Wunsch offen: der nach Vereinigung beider Seelen, denen die noch so geringe Lücke zwischen sich in diesen Momenten riesenhaft scheint, weshalb die Stimmen lauter werden, mit denen sie sich Nachrichten über die Temperatur ihrer Gefühle, über den Kurs ihrer Lust zurufen, zurufen wollen, aber die richtigen Worte, die richtigen Maße nicht finden und deshalb schreiend die leeren Räume zwi-

schen sich mit dem Wunschwort überbrücken: Ach, wäre ich die Frau, ach, wäre ich der Mann!
Und so geschah es denn auch. Und blieb so. Und brachte Probleme, die alle durch bessere Vorüberlegungen hätten vermieden werden können. Hätte die Wunschformel: Ach, wärst du ich, ach, wäre ich du! gelautet, wäre die gewohnte Ordnung nicht zerstört worden. Ich hätte Annas Kleider benutzen können, hätte Kochrezepte und Kohlenhändleradressen im Kopf gehabt, hätte ihre Tasche samt Ausweis, Schminkgeräten und Lehrbüchern ergriffen und mich für Anna, als Anna vor ihre Lehrlinge gestellt und ihnen Botanik beigebracht. Ihr hätte ich nicht einmal Krawattenbinden beizubringen brauchen.
Nun aber konnten wir uns nicht einmal über unsere Namen einigen. Bezeichnenderweise kam Anna sofort mit dem Vorschlag, sie einfach auszutauschen. Meinen Einwand, daß das unserer unzerstörten Identität widersprechen würde, ließ sie zwar gelten, lehnte aber meinen Gegenvorschlag, der Maskulinisierung und Feminisierung unserer alten Namen vorsah, entrüstet ab. Mit Karla könnte ich zufrieden sein, meinte sie, sie aber doch wohl nicht mit Annus oder gar Anus. Auch Annarich und Anatol fand sie ihrer neuen Männlichkeit nicht angemessen.
Schließlich vereinbarten wir, uns in der Zeit des Geschlechtertausches nur Liebling zu nennen. Sie sollte nur kurz sein. Schon die nächste Wundernacht sollte uns in den alten Zustand zurückversetzen. Denn daß die Rückverwandlung einer solchen bedurfte, war uns klar. Nur wenn die Seelen ganz Körper, die Körper ganz Seelen sind und sich soweit wie möglich einander genähert haben, können die Funken zweier starker Wünsche überspringen.
Am nächsten Morgen aber behauptete Anna, von einer Männerkrankheit befallen zu sein. Ich erbat mir (telefonisch selbstverständlich) von meinem statistischen Amt einen Urlaubstag und begleitete Anna zum Facharzt, der sich sehr interessiert zeigte, sofort unsere Zustimmung zur späteren Publizierung der medizinischen Aspekte unseres Falles erwirkte und auf stationärer Behandlung bestand.
So zog Anna also am gleichen Tag noch, tränenlos wie ein richtiger Mann, mit Pyjama und Rasierzeug in die Klinik

um. Ich rief Dankwart, meinen Direktor, an und gab einen Kurzbericht über meinen Zustand. Er nahm es gefaßt auf und versprach, die Kollegen vor meinem ersten Auftritt im Amt zu informieren. Wie ich später erfuhr, tat er sogar mehr: Er drohte auf einer Betriebsversammlung jedem Strafen an, der nicht den Takt aufbrachte, meinen Unfall, wie er es nannte, zu übersehen.

2

Der erste Arbeitstag begann für mich früh, da frauliche Morgenarbeiten mir noch schwer von der Hand gingen. Ich war fünfunddreißig Jahre alt und hatte mir mit meinem männlichen Äußeren bisher keine Mühe zu machen brauchen. Jetzt störte in meinem weicher, runder, kleiner gewordenen Gesicht das Faltengewirr, die Fahlheit der Brauen, die Kürze der Wimpern, die Blässe. Die zierlicher gewordenen, aber immer noch abstehenden Ohren bedurften verhüllender Haarsträhnen. Fingernagel- und Lippenbemalung Rocklänge und Strumpfsitz, alles mußte erarbeitet, begutachtet, überprüft werden. Um die in mir nichts als Mitleid erregende Brust zur Geltung zu bringen, mußte ich Hilfsmittel benutzen, deren Verwendung mein Gewissen belastete. Verstand sagte mir: auch die Mühe, die es kostet, anderen angenehmen Anblick zu bieten, ist moralischer Art; aber mein Gefühl nannte es: Betrug. Der allem anhaftende Geschmack des Lippenstiftes verdarb mir den Appetit. Geld suchte ich in der nicht mehr vorhandenen Gesäßtasche, Kämme dort, wo einmal Jacketts gesessen hatten. Obwohl es gerade Frühling geworden war, fror ich, besonders an den Beinen und Füßen. Des obszönerweise unten offenen Rockes wegen verzichtete ich in der S-Bahn auf Sitzplätze. Daß Männer in vollen Bahnen näher als nötig an mich herankamen, verdroß mich. Eine Art Huldigung darin zu sehen, lernte ich nie.
Unser Amt befand sich in einer der schmuddligen Nebenstraßen nördlich des Alexanderplatzes, wo man, wegen Abriß und Neubau ständig auf Mietvertragskündigung wartet, in einem alten Wohnhaus, das notdürftig für unsere Zwecke umgebaut worden war. Mein kurzer Fußweg dorthin führte

an fertigen, halbfertigen und gerade begonnenen Neubauten vorbei, an Ungewohntem, sich ständig Veränderndem also, das meine Aufmerksamkeit beanspruchte und meinem eigenen Zustand in gewisser Weise entsprach, so daß ich diesen Teil des Weges relativ gleichmütig zurücklegte.
Herzklopfen und Atemnot begannen erst zwischen den alten Häusern, die uns angesichts der hellen Betonkolosse kleiner, schmutziger, aber auch gemütlicher zu werden scheinen. Hier kannte ich von mindestens 3500 Bürotagen her jeden Laternenpfahl, jede Haustür, jede vergilbte Mauerinschrift; und jeder Pfahl, jede Tür kannten mich, aber anders, als ich jetzt war. Die Granitplatten des alten Trottoirs sahen mir unter den Rock, Löcher im kriegszerstörten Putz grinsten, und Fernsehantennen bogen sich vor Lachen. Hier, wo ich wie nirgendwo zu Hause war, wurde ich mir selber fremd.
Um vorzeitigen Begegnungen mit einzelnen Kollegen auszuweichen, hatte ich mich verspätet und mußte, da die Haustür Punkt acht Uhr geschlossen wurde, klingeln. Mit dem vertrauten Summton wurde geöffnet. Auf dem Sims des Portierschalters lag noch das Anwesenheitsbuch, das eigentlich schon bei der Chefsekretärin hätte liegen müssen, damit jeder Bummler den Canossagang dorthin antreten mußte. Das Schalterfenster war geschlossen. Frau Batzlik, die gute Seele, wollte mir wohl die Verlegenheit einer Begrüßung ersparen.
Während ich mein Signum in die mir vorbehaltene Spalte schrieb, sah ich mein Gesicht im Fensterglas: das nicht mehr junge, gut zurechtgemachte, noch immer begehrenswerte Gesicht einer erfahrenen Frau. Und in dieser Spiegelsekunde entdeckte ich zweierlei; daß ich, erstens, Frauen, also auch mich, noch immer mit den Augen des Mannes sah und daß mich, zweitens, die Gewißheit, gut auszusehen, beruhigte. Mein Herz klopfte nicht mehr so stark, mein Atem ging freier, und ich brachte es sogar fertig, an die Scheibe zu klopfen und mein übliches »Für mich wie immer!« zu rufen, was bedeutete, daß mir Frau Batzlik auf ihrem Gang zum Konsum eine Tüte Milch, zwei Zuckerschnecken und die billigsten Filterzigaretten mitbringen sollte.
Im Eilschritt, nur noch wenig durch den Rock gehemmt, lief ich die Treppe hinauf und, ohne Klopfankündigung, ins

Chefzimmer, wo täglich genau acht Uhr null die Zehnminutenbesprechung des Direktors mit den Abteilungsleitern begann, also schon begonnen hatte und auch durch mein Erscheinen nicht unterbrochen wurde.
Dankwart war, wie immer, großartig. Ohne seine Ausführungen über das Jahrhundertereignis, das sowjetische Mondauto, das selbstverständlich im Mittelpunkt aller Gespräche in den Abteilungen zu stehen hatte, zu unterbrechen, nickte er mir freundlich, aber aufwandlos zu und machte es damit den anderen leicht, Spannung, Neugier, Schadenfreude, Heiterkeit oder Entsetzen hinter gelassenen Mienen zu verbergen.
Obwohl sein Wesen dem meinen fremd war, habe ich Dankwart immer bewundert. Freundschaft zu schließen war uns unmöglich. Zaghafte Versuche dazu waren in beiderseitiger Verlegenheit erstickt. Wenn wir, auf Dienstreisen vor allem, miteinander allein waren, manchmal sogar in Doppelzimmern übernachten mußten, war eine erträgliche Atmosphäre nur durch ständige Dienstbesprechungen aufrechtzuerhalten gewesen. Er schätzte in mir nur den Fachmann, ich in ihm nur den Leiter. In dunklen Winkeln seiner starken Seele verachtete er mich wohl, nannte mich in unkontrollierten Bewußtseinslagen weich, gefühlsduselig, moralinsauer, während ich ihn oft als grobschlächtig und hartherzig empfand. Einmal, unter Alkoholeinfluß, im Beisein stimulierend wirkender Frauen, beschimpfte ich ihn sogar als preußisch, was ihn hart traf, da er es als Anspielung auf seine Vergangenheit empfand.
Er, Sohn sächsischer Landarbeiter, Kaufmannslehrling ohne Abitur, hatte es in der Wehrmacht nämlich bis zum Oberleutnant und Kompaniechef gebracht, seiner Tollkühnheit und seines Führungstalents wegen. Beides bewährte sich jetzt für eine bessere Sache, die ihn ganz erfüllte. Von seiner Vergangenheit waren keine wesentlichen Spuren zurückgeblieben, nur unwesentliche, wie zum Beispiel die wörtlich gemeinte Redensart: Bis früh um sieben wird gesoffen, um acht aber steht die Truppe wieder! Er stand dann auch und konnte laut und unfein werden, wenn einer der Abteilungsleiter sich um Sekunden verspätet oder krank tat. Er hatte eine Pferdenatur und fand es normal, sie zu haben. Daß seine Mitarbeiter sie

nicht hatten, konnte er sich nicht recht vorstellen, brachte es aber trotzdem bei anderen Gelegenheiten fertig, sie zu behandeln, als könnte er es. Er war streng, laut, grob, aber wenn es darauf ankam, konnte er sich zur Güte, zur Stille, zur Feinfühligkeit zwingen. Um nicht ständig Gewalt auszuüben, tat er sich welche an. Er fühlte nie, wie man Menschen richtig behandeln muß, aber er lernte es und tat es.

Selbstverständlich hatte er seine Reaktion auf mein Erscheinen genau geplant. Ungehemmt seiner Natur gehorchend, wäre er in dröhnendes Gelächter ausgebrochen, hätte mit Fäusten auf den Tisch getrommelt und lauthals erklärt, daß es soweit mit einem kommen müsse, der sich femininer Schöngeisterei und Gefühlskultivierung überließe. Als Herrscher aber, auch seiner selbst, gab er dem Tag seine aktuelle Linie, legte Ort, Termin und Dauer von Sitzungen fest, forderte kurze Planerfüllungsauskünfte und hinderte so die Anwesenden an Taktlosigkeit, zwang sie zum Schweigen, sorgte dafür, daß sie den Stift nicht lange vom Notizblock entfernen konnten.

Am genauesten befolgte der alte Schultze Dankwarts Anweisungen, indem er mir mit freundlicher Zurückhaltung zunickte und weiterschrieb. Er war schon lange im Pensionsalter, aber unfähig, länger als einen fürchterlichen Urlaub ohne Amt zu leben. Schon im statistischen Reichsamt der Weimarer Republik hatte er gewirkt. Nach 1945 war er in die Kartographie verschlagen worden. Von dort zurückgeholt hatte ihn erst Dankwart, der dadurch in seinen Augen zum Halbgott geworden war. In den Bezirken wurde er ehrfurchtsvoll Nestor der Wirtschaftsstatistik, bei uns im Amt Chefimitator genannt. Ich habe seine Erfahrungen und seinen Eifer immer zu schätzen gewußt, unseren jungen Leuten, besonders denen der EDV-Abteilung aber, galt er nicht mehr als ein Clown, der den größten Schauwert in langwierigen Versammlungen besaß. War Dankwart nicht anwesend, fiel er leicht in den oft lauten Tagesschlaf alter Leute. Kam der Chef aber, wurde er lebhaft, beobachtete scharf jede seiner Regungen, äußerte Mißbilligung, wenn die Augenbrauen des Angebeteten sich zusammenzogen, bekundete Zustimmung, wenn Dankwart beifällig nickte, lachte laut, wenn die Cheflippen sich zur Andeutung eines Lächelns verzogen. Sein

Hauptauftritt aber erfolgte erst, wenn Dankwart das Wort ergriff. Dann kamen Kopf und Gesicht keine Sekunde mehr zur Ruhe. Da laute Äußerungen nicht erwünscht waren, mußte er seinen nach außen drängenden Gefühlen mimisch Luft machen. Die Kraft, die all das Mund- und Augenaufreißen, Kopfschütteln und -nicken, Faltenziehen und Zum-Himmel-Blicken erforderte, hätte man einem Mann seines Alters nicht zugetraut. Wenn er anschließend seinen eigenen Diskussionsbeitrag lieferte, konnte man sicher sein, die sächsisch artikulierten Wahrheiten des Direktors, mit Witzen und Gefühlsausbrüchen durchsetzt, auf berlinisch noch einmal zu hören.

Schultzes tadelloses Verhalten an diesem Morgen verstand sich also von selbst, wie übrigens auch das Seibts, des Kaderleiters, das man am besten mit dem Wort edel bezeichnen kann. Ihm war es unmöglich, das noch so komische Unglück eines anderen lächerlich zu finden. Er war mit Dankwart befreundet, in dienstlichen Fragen aber oft sein entschiedenster Gegner. Er drehte sich zu mir um, stand auf, drückte fest meine Hand, und in seinen klaren Augen war nichts als die Freude, mich gesund wiederzusehen.

Weiß, der Bevölkerungsstatistiker, beachtete mich überhaupt nicht. Vielleicht war die Veränderung, die mit mir vorgegangen war, gar nicht in sein Bewußtsein gedrungen. Für ihn existierte nur Arbeit; Menschen nahm er nur als deren Anhängsel wahr. Er war der gewissenhafteste Arbeiter des Hauses und der schlechteste Leiter, weshalb er auch immer nur Stellvertreter blieb, obwohl der Abteilungsleiterposten seit Jahren vakant war.

Wenn Dankwart, ich oder sonstwer sich vorher darüber Gedanken gemacht hätten, wer die meine veränderte Person betreffenden Anordnungen des Direktors vielleicht nicht akkurat befolgen würde, so wäre der Verdacht mit Sicherheit auf Gans, unseren jüngsten Abteilungsleiter, gefallen, den Häuptling der Intelligenz-Clique, den Ober-Besserwisser und Unruhestifter. Seine Abteilung hatte den längsten Namen (von dem EDV gleich Elektronische Datenverarbeitung nur ein Teil war), die geringste Erfahrung, die meisten Bärte und gar kein Traditionsbewußtsein. Sie wußten, daß ihnen die Zukunft gehörte, und benahmen sich dementsprechend.

Überall witterten sie alte Zöpfe, die sie, elektronisch selbstverständlich, abschneiden wollten. Die entsprechenden Parteibeschlüsse wie Keulen schwingend, gingen sie auf alles Altbewährte los. Obwohl Dankwart, Seibt und ich eigentlich ihre Verbündeten waren, mußten wir uns, um unsinnige Zerstörungen zu vermeiden, ihnen dauernd in den Weg stellen. Zu ihren kleinsten Angriffszielen gehörte auch die sehr detailliert festgelegte Arbeitsorganisation, auf die Dankwart, ihr Schöpfer, sehr stolz war. Geistige Arbeit, so argumentierten sie beispielsweise, ließe sich nicht in Minutenkorsetts pressen, was hieß: sie wollten kommen und gehen, wann es ihnen paßte. Damit verletzten sie Heiligstes. Dankwart reagierte tyrannisch. Sie mußten sich fügen, gaben aber ihrem Protest ständig Ausdruck, Gans unter anderem dadurch, daß er immer erst Punkt acht Uhr das Haus betrat, in Hut und Mantel, was Dankwart haßte, im Direktorzimmer erschien, während der Beratung, ständig unruhig das Standbein wechselnd, stehen blieb und Aufforderung zum Hinsetzen mit der Bemerkung abwies: das täte er erst, wenn die innerbetriebliche Arbeitsvorschrift um diesen Punkt ergänzt würde.
Gans war es dann auch, der gegen die direktoriale Anordnung zur Vermeidung von Taktlosigkeiten verstieß. Er stellte die Aktentasche, die er während der Besprechung nie aus der Hand legte, aufs Fensterbrett, schob einen Sessel an Dankwarts Schreibtisch heran und sagte mit kavaliersmäßiger Geste: »Bitte sehr, gnädige Frau!«
»Idiot«, flüsterte ich ihm zu und merkte gleich, daß das falsch war. Früher hätte er es grinsend als Beifall aufgefaßt. Jetzt zeigte sein bärtiges Gesicht Befremden. Er wich meinem Blick aus und zog sich in seine Stellung am Fenster zurück.
Dankwart nahm den Zwischenfall nicht zur Kenntnis und redete weiter. Ich versuchte hinzuhören, aber obwohl mehrmals die Wörter Kultur und Volksbildung fielen, bei denen ich sonst erschrecke, als würde mein Name genannt, gelang es mir nicht, weil ich voll Unbehagen den Blick Fräulein Wahrlichs auf mir ruhen fühlte. Die Verwaltungsleiterin hatte sich wie immer in die Ecke gedrängt; sie saß dort wie in einem Versteck. Sie wurde von allen nur das Fräulein genannt, hatte, da sie bald sechzig wurde, keine Hoffnung, diesen Namen loszuwerden, und sah immer aus, als sei sie sich

dieser Hoffnungslosigkeit ständig bewußt. Niemand nahm sie ernst. Selbst die jüngste Schreibkraft fühlte sich ihr überlegen. Aber jeder war nett zu ihr, da die Hilflosigkeit ihres verwitterten Kindergesichts jede Angriffsabsicht hemmte. Über ihre Ausnahmestellung war sie sich klar und versuchte oft, ihr zu entgehen, indem sie sich bemühte, Ärger, Nervosität oder Heiterkeit des Hauses mitzumachen, erreichte damit aber nur, daß sie noch trauriger wirkte.
Und diese Frau, die bei allen Mitleid erregte, sah mich jetzt mit einem Blick tiefsten Mitleids an. Das war erschreckend. Der böse Blick der Chefsekretärin Anneliese dagegen ärgerte mich nicht einmal. Er hätte mich sogar belustigt, wenn der Anlaß dazu nicht Grund zur Sorge gewesen wäre.
Als zehn Minuten nach acht nämlich Dankwart durch plötzliches Aufstehen die Sitzung beendete und ich mich mit allen zur Tür wandte, wollte er mich noch dortbehalten, wußte mich aber nicht anzusprechen, da Genosse oder Genossin Brauer, Karl oder Karla ihm gleichermaßen problematisch schien. Er hielt mich also nicht akustisch, sondern motorisch fest, faßte mit seiner Hand nach der meinen und zog mich an ihr in den Sessel zurück. Das wirkte auf mich, wie auch auf Anneliese, so, als wenn er mit zuckersüßer Stimme gesagt hätte: Bleib doch noch ein bißchen bei mir, liebe Karla!

3

Die Abteilung, der ich vorstand, beschäftigte sich nicht mit Kultur- und Volksbildungsstatistik, sondern mit deren Problemen. Wir waren vier Mitarbeiter, deren Bildungsvoraussetzungen sich ideal ergänzten. Genosse Rasch war Mathematiker, Kollege Gerber ehemaliger Kulturfunktionär, Kollegin Hiller Lehrerin. Ich kam aus der statistischen Praxis. Unsere Abteilungssekretärin, Fräulein Weniger, war sehr jung, aber bildungsfähig. Die Zeiten, in denen sie beim Wort Daten an den Kalender dachte und Korrelationskoeffizient nicht schreiben konnte, waren lange vorbei. Wenn man davon absieht, daß Rasch durch Kampfgruppenaufträge (er war für die Kleider- und Ausrüstungskammer zuständig) oft von der Arbeit abgehalten wurde beziehungsweise bei Abhaltungen von der Arbeit Kampfgruppenaufträge vorschützte, und Kollegin Hiller seit zwei Jahren kein Wort mit Gerber sprach und jede Zusammenarbeit mit ihm verweigerte, bildeten wir ein hervorragendes Kollektiv. Da meine Autorität nie angezweifelt wurde, brauchte ich sie nicht hervorzukehren. Nicht wie Vorgesetzte und Untergebene, sondern wie Freunde gingen wir miteinander um. Was Gerber und mich betrifft, waren wir sogar welche.

Ihm vor allem hatte ich es zu verdanken, daß die Abteilung mir mehr noch als sonst zur Heimat wurde. Dankwart und die Abteilungsleiter konnte man ihrer Disziplin und ihres Takts wegen schätzen, meine Mitarbeiter aber mußte man ihrer Disziplin- und Taktlosigkeit wegen lieben. Dankwarts gutgemeinte Befehle erzeugten Kälte. Die Ungebundenheit, ja Ausgelassenheit meiner Kollegen erwärmte das Herz. Sie versuchten nicht, meine Verwandlung zu ignorieren, sie feierten sie.

Zur Begrüßung hatten sie sich in meinem Zimmer versammelt und überreichten mir Kunststoffblumen, da natürliche in der ganzen Hauptstadt nicht aufzutreiben gewesen waren. In Gerbers Ansprache wurde meine Verwandlung nicht Unfall, sondern Auszeichnung genannt und der Anbruch eines Zeitalters angekündigt, in dem neben Klassen- und Rassenunterschieden auch die der Geschlechter beseitigt würden. Rasch betrachtete meinen Fall im Lichte der bevölkerungsstatistischen Forschung, Fräulein Weniger trug ein Gedicht vor, in dem sich Enttäuschungsschmerz auf Sekretärinnenherz reimte, und Uschi Hiller stellte triumphierend fest, daß die Weiber jetzt die Mehrheit in der Abteilung hatten. Dazu wurde, an Stelle des sonst üblichen Wodkas, Kirschlikör ausgeschenkt.

Wir lachten viel dabei, aber die Träne, die mir ins Auge stieg, war eine der Rührung. So grotesk die Ehrung auch war – sie war doch eine. Unter dem Mummenschanz, den man trieb, verbarg sich Achtung. Und nichts brauchte ich mehr als die, um mein Selbstvertrauen wiederzugewinnen.

Selbstverständlich trug auch ich zur Belustigung bei, indem ich die Szene im Direktorzimmer schilderte. Ich führte vor, wie der Direktor meine Hand nahm und Anneliese in der Tür des Vorzimmers stand und böse die Augen rollte.

Von dem Anlaß zu meiner Verwandlung, deren Zeitweiligkeit ich hervorhob, deutete ich so viel an, wie sich aussprechen ließ. Während der Begrüßung redeten mich alle scherzhaft als Frau an. Als wir zur normalen Arbeit übergingen, wurde ich selbstverständlich wieder Karl und Herr Brauer genannt. Daß Fräulein Weniger dabei anfangs Kicheranfälle bekam, nahm ich ihr weniger übel als ihre späteren Entgleisungen.

Sie nämlich war es, die sich als erste an den neuen Zustand gewöhnte und, als Folge davon, erst meine Zimmerpflanzen und dann mich zu vernachlässigen begann.

4

Immer bin ich Feind des Stubengrünzeugs gewesen. Arbeitszimmer vor allem liebe ich schmucklos, ohne unruhige Tapetenmuster, aufdringlich gefärbte Gardinen, Blumen, auch ohne Bilder, die nach einigen Monaten sowieso niemand mehr wahrnimmt.

Für die von der Chefsekretärin angeführten Damen des Hauses hatte ich mich dadurch als kalter, herzloser Banause entlarvt. Unter dem Motto: Für kulturelle Höherentwicklung des Arbeitsplatzes – Alle packen an! hatten sie einen Feldzug gegen mich geführt, der auf einer Gewerkschaftsversammlung mit ihrem Sieg geendet hatte, da Dankwart es für taktisch richtig gehalten hatte, sich in dieser Lappalie dem Volkszorn zu beugen. Die saubere Schlichtheit meines Zimmers wurde also durch schreiende Gardinenmuster und wuchernde Pflanzen zerstört. Glücklicherweise mußte das sehr farbige Bild eines optimistischen Liebespaares am Strand aus raumästhetischen Gründen hinter mich gehängt werden, so daß nur Besucher unter seinem Anblick zu leiden hatten.

Traditionsgemäß waren die Abteilungssekretärinnen zur Pflanzenpflege verpflichtet. Mit Selbstverständlichkeit hatte Fräulein Weniger diese Aufgabe erfüllt – solange ihr Vorgesetzter ein Mann war. Danach ging es den Pflanzen schlecht. Als ihr Grün sich braun zu färben begann, stellte ich die Sekretärin zur Rede und traf auf Aufsässigkeit. Die weitverbreitete Meinung, daß Blumen und Frauen zusammengehören, vielleicht sogar sich in ihrem Wesen ähneln, zumindest aber dem gleichen Zweck dienen, schien auch ihrem jungen Denken schon selbstverständlich. Wenigstens mit mir teilen wollten sie sich die Arbeit. Um Streit zu vermeiden, griff auch ich also zur Gießkanne, und niemand war befremdet, wenn ich mit ihr von der Toilette über den Flur in mein Zimmer ging.

Als Fräulein Weniger auch begann, Kaffeekochen und Geschirrabwaschen mir zu überlassen, versuchte ich mir bei Gerber Rat zu holen, der wie immer Verständnis zeigte. Leider nicht für mich, sondern für das Mädchen, dem Dienste, die sie einem Mann freudig leistete, für eine Frau zwecklos und deshalb unzumutbar erscheinen müßten.

»Dein Klagen beweist, daß du keine richtige Frau bist, denn die macht das gern«, sagte er und zog, wie immer, wenn er satirisch wurde, das rechte Auge zu einem Spalt zusammen, während das linke sich erschreckend weitete und die Braue sich bis fast an den Haaransatz hob. »Eine wie dich nennt man unnatürlich, was, wie du weißt, auf Frauen angewandt, in unseren zivilisierten Zeiten seltsamerweise als Schimpfwort gilt. Für die Hand des Mannes hat die Natur nun einmal das Schwert bestimmt, für die Frau den Blumentopf, den du, wie dein Schicksal, mit der Würde der Frauen tragen solltest. Wenn du auch noch so laut mit deinen neuen Ketten klirrst, befreien kannst du dich von ihnen genausowenig wie die anderen sich von den althergebrachten Vorurteilen geschlechtlicher Arbeitsteilung. Ich selbst, unermüdlicher Propagandist des Fortschritts, nehme mich davon nicht aus und kann zu meiner Rechtfertigung nur anführen: Ein Wegweiser weist die Richtung, bewegt sich aber nicht in ihr.«

Wie recht er damit hatte, zeigte sich deutlich, als wir einige Zeit später polnische Kollegen zu Gast in der Abteilung hatten. Daß ich dabei den Kaffee einschenkte, erschien mir schon selbstverständlich, nicht aber, daß Gerber sich plötzlich wie der Herr im Haus aufführte und mir mit der Kognakflasche, die er mir verweisenden Blicks aus der Hand nahm, auch die Führung des Gesprächs entriß.

Vorgestellt worden war ich noch als Leiterin. Man hatte mich durch Handküsse und galante Redensarten in Verlegenheit gebracht und meinen Ausführungen über die Aufgaben der

Abteilung aufmerksam gelauscht. Als aber die sachlichen Erörterungen von zwanglosem Geplauder abgelöst wurden, merkte ich schnell, daß die fünf Männer am Tisch mein vieles Reden als unpassend empfanden. Gab ich Meinungen zur politischen Lage Ausdruck, ging man feinfühlig darüber hinweg. Raschs Platitüden dagegen widersprach man, Gerbers zynische Äußerungen belachte man, und fand sie diskussionswürdig. An ihn richtete man Fragen, mir trank man zu, Kollegin Hiller sagte man Artigkeiten. Als ich meinen besten zweideutigen Witz erzählte, mit dem ich oft schon Lacherfolge erzielt hatte, breitete sich Verlegenheit aus.

Je angeregter die Stimmung wurde, je freier der Ton, desto deutlicher wurde erkennbar, daß alle männlichen Sympathien der schweigend und lächelnd dasitzenden Hiller galten. Sie strömte die Stallwärme aus, die Männern so guttut. In ihrer Dunkelheit konnte der männliche Witz leuchten. Hier war die Schwäche, die Männern ihre Kraft bestätigt, die Weichheit, die Männlichkeit hart werden läßt.

Ich kannte das ja aus eigener Erfahrung. Schlimm war nur, daß es mich kränkte, daß ich am Abend lange vor dem Spiegel stand und meine gegenwärtige Gestalt mit den Augen meiner vergangenen sah, um das stolze Schiff meines Selbstbewußtseins wieder flottzumachen. Ich war schon so weit, daß ich die Frage nach meiner Wirkung auf Männer für eine nach meinem Wert oder Unwert hielt.

5

Aber es kam noch schlimmer mit mir. Ich begann nämlich nach dem neuen Maßstab auch meine Sympathien zu messen. Männer, die ich gleichgültig ließ; verloren in meinen Augen an Wert, solche, denen ich gefiel, gewannen. Auf die oberste Stufe aber rückte, wer mich verehrte oder begehrte.

Natürlich wehrte ich mich gegen diese Umwertungen und versuchte den hier wirksam werdenden psychischen Mechanismus zu ergründen. Als mir das gelang, schwieg die Stimme meines Gewissens, hörte die Gegenwehr auf, ergab

ich mich dem Unabänderlichen. Denn ich hatte entdeckt, daß die Schuld nicht bei mir lag.
Antriebskraft dieses Mechanismus war der Hunger nach Anerkennung. Zur Zeit meines Männerdaseins war der vorwiegend in der täglichen Arbeit, im Gespräch, in Diskussionen gestillt worden. Jetzt waren mein Wissen und meine Fähigkeit, ihm Ausdruck zu geben und es anzuwenden, zwar nicht geringer geworden, aber es galt weniger, es hatte an Gewicht verloren, man fragte weniger danach, vielmehr dagegen nach Fehlendem, das früher nie als fehlend erkannt worden war.
Gerber, der neben anderen auch sich selbst gut beobachten konnte, drückte es einmal so aus: »Wenn du früher etwas besser wußtest als ich, empfand ich das als normal, heute als Besserwisserei. Der einer Frau unterstellte Mann muß ihre Anordnungen als Anmaßungen empfinden, weil sein Verhältnis zu ihr dem natürlichen entgegengesetzt ist. Von Frauen erwarten wir leider nicht in erster Linie Intellekt und gute Arbeitsleistung; daran messen wir den Wert des Mannes. Von der Frau erwarten wir vor allem Schönheit, und wenn die fehlt: daß sie versucht, sie für uns vorzutäuschen. Wir geben uns ja schließlich dafür auch Mühe, klüger und stärker zu scheinen, als wir sind.«
Er redete mit mir also schon wie mit einer gebürtigen Frau. Mit meinen Manneserfahrungen rechnete er schon nicht mehr. Seiner Offenheit wegen hätte ich ihm dankbar sein müssen. Ich wurde ihm aber gram, weil alle seine Redereien nur darauf zielten, meine ihm überlegene Position zu untergraben, und er mich dadurch zwang, Nahrung für erschüttertes Selbstvertrauen in weiblichen Bereichen zu suchen, in Kleidung, Make-up, Gebaren. Zu hassen aber begann ich ihn, als er das dann nicht honorierte, sondern gegen das Weibliche, das er herausgefordert hatte, gleichgültig blieb.
Als Folge des gestörten Verhältnisses zu Gerber entwickelte sich ein inniges zu Uschi Hiller. Gleiches Leid erzeugt Solidarität. Gerber hatte sie früher einmal sehr umworben, lange vergeblich. In genau dem Moment, in dem sie bereit gewesen war, seinen Wünschen nachzugeben, hatte er die Flucht ergriffen. Daß verletzter Stolz ihr seitdem verbot,

auch nur ein Wort mit ihm zu reden, hatte ich bisher für Hysterie gehalten. Jetzt dämmerte Verständnis dafür in mir auf.
Der erhöhte Standpunkt, von dem aus ich bisher mit Kollegin Hiller geredet hatte, wurde eingeebnet. Die Peinlichkeit, die ihr Ausbreiten von Intimitäten zuerst in mir erzeugte, wich regem Interesse. Meine Verachtung für ihre Umwandlung beruflichen Ehrgeizes in weiblichen begann zu schwinden. Freie Stunden, die sonst nützlichen Fachdiskussionen mit Gerber gedient hatten, wurden jetzt mit Hillerschen Plaudereien über Mode, Schneiderei und Körperpflege gefüllt. Immer weniger empörte es mich, daß der an sich unwesentliche Geschlechtswechsel mich dazu verdammte, kostbare Zeit mit Blumengießen und Hausfrauengeplauder zu verbringen. Ich hatte kaum einen Haushalt, keine Kinder, trotzdem waren die neuen Belastungen, verglichen mit den bisherigen, enorm. Die Jagd nach passenden Miederwaren, Kleidern, Lippenstiften war so zeitraubend wie die Informationen, die ich mir dafür von Uschi holen mußte. Was sich in mir vollzog, könnte man Veräußerlichung nennen. Sie war erzwungen, notwendig, ein Akt der Notwehr.
Auch die Besprechungen im Leitungskollektiv bestätigten die Wichtigkeit dieser Nebensächlichkeiten. Daß sie meine sachdienlichen Äußerungen jetzt weniger ernst nahmen als vorher, merkten die Männer gar nicht. Die Beachtung, die sie mir zukommen ließen, hatte sich, nachdem die erste Neugier gestillt war, in ihrer Masse kaum verändert, wohl aber in ihrer Zusammensetzung. Man fand anderes interessanter als mein Fachwissen.
Als Mann hatte ich sicher sein können, daß bessere Argumente mir auch größere Sympathien eintrugen. Jetzt war es oft umgekehrt. Mein Bedürfnis nach Freundlichkeit wurde besser befriedigt, wenn ich Behauptungen nicht klar und bestimmt, sondern vage, aber charmant vorbrachte, am besten aber, wenn ich gar nichts behauptete, sondern fragte, um Hilfe bat. Wenn ich dabei auch noch nett anzusehen war, streichelte man mich (natürlich mit Worten vorwiegend), antwortete freudig und hurtig. Sich von Frauen belehren zu lassen, fällt Männern schwer. Ritterlich zu sein ist viel einfa-

cher für sie, und sie sind Frauen, die ihnen Gelegenheit dazu geben, dankbar.
Belastungen durch Arbeiten an meinem Äußeren wurden also durch innere Entlastungen im Dienst teilweise ausgeglichen. Die Rolle, in die ich mich drängen ließ, war bequem, aber unproduktiv. Am deutlichsten zeigte sich das bei Gesprächen mit Dankwart.

6

Daß der Direktor mich öfter als früher in sein Zimmer beorderte, fiel wohl eher als mir Anneliese, seiner Sekretärin, auf. Da sie nach Art subalterner Naturen den Zorn über Beleidigungen durch ihren Herrn an anderer Stelle ablud, beleidigte und verleumdete sie mich, wie und wo sie konnte, und wurde blaß vor Anstrengung, wenn sie in Gegenwart »unseres Alten« (wie sie als einzige im Hause den Direktor nannte) gezwungen war, auch nur einen normalen Satz zu mir zu sagen. Die Blicke, die sie mir zuwarf, waren die einer betrogenen Plantagenbesitzersgattin, der die verführerische Sklavin unter die Augen kommt: Sie sah mich an, als wollte sie mich auspeitschen lassen.
Zuerst trug ich mich mit der Absicht, ihr in offener Aussprache die Unsinnigkeit ihrer Eifersucht darzustellen. Später aber brachten Stolz und Trotz mich so weit, daß ich ihr, um ihr die Sticheleien heimzuzahlen, ein Verhältnis zu Dankwart vorspielte, das gar nicht bestand.
Daß er vom ersten Tag meiner Wandlung an Absichten auf mich hatte, war klar und mir, der ich ihn lange genug interessiert beobachtet hatte, verständlich. Das hing nicht, oder nur wenig, mit dem Bild zusammen, das ich ihm als Frau bot. Vielleicht wäre die Versuchung, mich in seinen Besitz zu bekommen (denn nur darum handelte es sich), zwar in jedem Fall vorhanden gewesen, aber nicht so stark, hätte ich unscheinbarer ausgesehen. Die Kluft, die in Zeiten meiner maskulinen Existenz immer zwischen uns geklafft hatte, hoffte er jetzt überbrücken zu können. Sie hatte ihn immer gestört und beunruhigt, da sie seine spezielle Art der Kommunikation, die der Beherrschung nämlich, unmöglich machte. Leute wie

Gerber und ich, die sich innerlich seiner Macht entzogen, ohne ihm aber Konkurrenz zu machen, waren ihm fremd, fern und unheimlich, aber sie interessierten ihn. Er nutzte ihre Kenntnisse aus, und er schätzte sie, in seltsamer, mit Verachtung gemischter Weise. Jetzt war ihm durch wunderliche Fügung gegen einen von ihnen eine zusätzliche Angriffswaffe in die Hand gegeben: sein Geschlecht.

Daß Männer selten gerade auf ihr erotisches Ziel zugehen, sich nicht offenherzig zu ihm bekennen, hat weniger mit Verfeinerung der Sitten als mit Angst vor Blamagen zu tun. Ihre sogenannte Mannesehre wird durch Abweisung beschädigt. Denn Abweisung ist Niederlage, und zum Mann gehört Sieg, zumindest der über Frauen.

Deshalb wählte selbst der seiner Stärke bewußte Dankwart verschlungene Pfade, gab seinen Werbungen den Anschein, als wären es keine, sprach nur das aus, was auch anderes bedeuten könnte, nahm Verfängliches sofort zurück, wartete auf Resonanz, auf Entgegenkommen oder Widerspruch.

Er war der erste, der darauf bestand, mich Karla zu nennen. Er erkundigte sich nicht nach dem Befinden Annas, sondern nach dem meines Mannes. Er räumte den Platz hinter dem Schutzwall seines Schreibtisches und setzte sich neben mich. Er war um meine Bequemlichkeit bemüht, fragte um Erlaubnis, wenn er rauchen, wenn er das Fenster öffnen wollte, machte also, indem er mich als Dame behandelte, unsere Verschiedengeschlechtlichkeit ständig deutlich.

Dauernd wich er vom Fachthema ab, sprach über Frauen, über Liebe, über Ehe – erst allgemein, dann speziell über seine, natürlich fragwürdige –, über den Reiz des Neuen, über fließende Grenzen zwischen Moralität und Prüderie, schwieg manchmal, ganz in den Anblick meiner Beine versunken, tat so, als ob er es plötzlich selbst merkte, schreckte auf, entschuldigte sich aber nicht für die Zudringlichkeit, sondern sah mir in die Augen und lächelte. Welch Kompliment für dich, sagte dieses Lächeln, daß ich, der mit allen erotischen Wassern gewaschene Bursche, durch den Anblick deiner Beine noch abgelenkt werde!

Im Laufe unserer jahrelangen Zusammenarbeit hatte er mir schon manchmal Referate zur kritischen Durchsicht gegeben und meine Hinweise auf fachliche Unschärfen oder fehler-

hafte Sprachwendungen dankbar akzeptiert. Jetzt bekam ich jede seiner kleinen und großen Ausarbeitungen zu sehen. Aber er schickte sie mir nicht mehr mit Anneliese in mein Zimmer hinauf, sondern bat mich zu sich herunter und tat so, als wäre kein Durchschlag vorhanden, um mit mir in dasselbe Manuskript sehen zu können.
Während ich seine ständig wiederkehrenden Genitivreihungen (im Sinne der Klassiker des Marxismus-Leninismus hat der Erarbeiter der Statistik der Versorgung der Bevölkerung der Räte der Kreise die Aufgabe usw.) aufzulösen versuchte, war sein Kopf so dicht neben meinem, daß ich die Wärme seiner Wangen an meinen spürte, lag sein Arm entweder auf meiner Schulter oder klemmte so zwischen der Tischkante und meinem Oberkörper, daß das, was er für meine Brust halten mußte, mit seinen Ellenbogen in Berührung kam.
Die kleinen Sensationen, die er auf diese und ähnliche Weise seinen Sinnen bereitete, machten ihm viel Spaß, eigentlich aber waren sie natürlich nur Mittel zu größerem Zweck – nicht völlig untaugliche sogar. Zwar teilte der Sinnenkitzel, den er empfand, sich mir nicht mit, mein Körper blieb unbewegt, aber mein Herz wurde groß, meine Seele öffnete sich dem hartnäckigen Versucher.
Denn Ausdauer gibt jeder Werbung den Anstrich von Ernsthaftigkeit, jedem Verführer verleiht sie den Heiligenschein des Liebenden und rührt deshalb Frauen so sehr, die es nötiger als Männer haben, durch Liebe anerkannt und erhoben zu werden. Der unvorteilhafteste Mann kann durch Ausdauer Vorteil gewinnen: den nämlich, der Frau Qualitäten zu bestätigen, an die sie ohne ihn nicht glauben könnte.
Ich leistete ihm also keinen Widerstand bis zu dem Moment, in dem er eine Etappe gewonnen zu haben glaubte, das Manuskript heftig beiseite schob und sagte: »Glaubst du denn, ich bin aus Holz?« – »Nein«, entgegnete ich ihm wahrheitsgemäß und wollte, um ein ablenkendes Gespräch in Gang zu setzen, genauere Erklärungen hinzufügen, kam aber nicht dazu, da ich mich damit beschäftigen mußte, seine Hände von meinem Körper fernzuhalten, was nicht leicht war, weil er größer und stärker war als ich. Als er versuchte, seinen Mund an meinen heranzuschieben, flüchtete ich hinter den Schreibtisch und schrie ihn an: »Du bleibst da!«

Seltsamerweise gehorchte er mir. Das Lächerliche seiner Lage versuchte er mit Schimpfworten zu verdecken. »Wie eine zickige Altjungfer benimmst du dich!«
»Sagst du das allen Frauen, die nicht so wollen, wie du willst?«
»Du bist die erste, die nicht will.«
»Weil du Abhängigkeiten ausnutzt! Jede Frau, die mit ihrem Chef ins Bett geht, wird seelisch genotzüchtigt.«
»Bisher hat es noch allen Spaß gemacht.«
Der Stolz, mit dem er das sagte, versetzte mich in solche Wut, daß die unkultivierte Offenheit zwischen uns nicht so bald ein Ende fand. Ich fühlte mich als Rächer aller seit Jahrtausenden unterdrückten Frauen, fand flammende Worte dafür, ließ ihn zu keinem kommen und dachte erst nachträglich daran, daß es besser gewesen wäre, ihm in vernünftigem Gespräch klarzumachen, was ich gerade an mir entdeckt hatte. Daß mir zur richtigen Frau nämlich noch immer eines fehlte: die Liebe zur Widerwärtigkeit der Männer.
Als ich an der höhnisch grinsenden Anneliese vorbei in mein Zimmer hinaufging, war mir klar, daß es auch Dankwarts Selbstdisziplin nicht gelingen würde, diese Szene zu vergessen. Der einzige Mensch, dem ich mein Leid klagen konnte, war Uschi Hiller. Zum erstenmal lud ich sie ein, abends zu mir zu kommen. Während ich den Tisch deckte, räumte und wischte sie, in meinen alten Männerpantoffeln umherhuschend, die Wohnung auf.
»Das Schlimmste am Frausein ist das Objektsein«, klagte ich.
»Ach, wäre ich doch eins für jemanden«, seufzte Uschi.
So detailreich, wie nur Frauen es können, erzählten wir uns unsere Erlebnisse, verfluchten alle Männer und weinten uns gegenseitig an unseren Busen aus. Schließlich schliefen wir getröstet ein.
Es war schön für mich, Uschi am Morgen in Annas Bett zu sehen. Ich weckte sie mit einem Kuß. Sie aber schloß mich in ihre Arme und rief: »Ach, wärst du ein Mann!«

7

Seit mehr als einem Jahr bereitete sich unser Amt auf eine wissenschaftliche Konferenz vor, die Statistiker aller sozialistischen Länder zu Arbeitsgesprächen vereinigen sollte. Zwar sollten die Hauptreferate von Genossen übergeordneter Stellen gehalten werden, aber auch wir hatten Beiträge zu leisten: Dankwart sollte begrüßen und die Diskussion leiten, Gans über die Erarbeitung von Datenflußplänen sprechen, und mir hatte man das Thema »Kulturrevolution und statistische Praxis« übertragen.

Wie üblich hatte sich das ursprünglich als internes Fachgespräch geplante Treffen im Laufe der Vorbereitung zu einem Mammutunternehmen ausgeweitet. Der als Ort der Zusammenkunft geplante Speiseraum unseres Hauses war dazu zu klein. Es wurde die Kongreßhalle gemietet. Aus einer zweistelligen Zahl von Teilnehmern war eine dreistellige geworden.

Es scheint da eine Kette von Wachstumsgesetzen zu geben, die ihrer Formulierung noch harren. Ausgelöst wird die Kettenreaktion durch den Antrag an die vorgesetzte Behörde um finanziellen Zuschuß, und am Ende steht die Formel: Der Nutzen einer Konferenz verhält sich umgekehrt proportional zur Zahl ihrer Teilnehmer. Denn nicht die zwanzig Fachleute, auf die es ankommt, haben sich verzehnfacht, sondern die Schweiger, die Gaffer, die Laien, die Film-, Fernseh- und Zeitungsleute und vor allem die vielen Festredner, die sehr viele Worte brauchen, um zu verhüllen, daß sie nichts zu sagen haben als: Ich, der Vertreter dieser und jener wichtigen Dienststelle, wichtigen Berufssparte, wichtigen Auslandsvertretung, bin auch hier! Gern hört das niemand, aber gebraucht wird es – von den Presseleuten, die das Allgemeinste davon nachdrucken und so dem Leser den richtigen Eindruck vermitteln, daß auf allen Konferenzen, gleich welchen Themas, dasselbe gesagt wird.

Die Aufblähung der Konferenz war nicht Dankwarts Schuld. Er hatte diesen Prozeß nicht gefördert, doch auch nicht verhindert. Uneingestanden aber entsprach die kundgebungsähnliche Veranstaltung sehr seinen Wünschen. Die Luft, die in diesen Ballon gepumpt wurde, schien ihm Energie zu spenden. Organisation war sein Element. Organisierend verdoppelten sich seine Kräfte, Schlafbedürfnis konnte er auf ein Minimum reduzieren. Er kümmerte sich um die Mineralwassersorte auf dem Rednerpult und die Farbe der Tagungsmappe. Er entwarf übersichtliche Blockschaltbilder in Plakatgröße, von denen spielend leicht abzulesen war, wer wann wo welche Ausländer auf DDR-Boden zu empfangen hatte. Dolmetscher bekamen abgezogene Anweisungen ausgehändigt, aus denen unter anderem zu ersehen war, daß sie bei öffentlichem Auftreten immer links neben dem Gast zu stehen hatten.

Überraschenderweise fand er zwei Tage vor dem Großereignis sogar noch Zeit, die Fachreferate zu lesen und an einer Diskussion darüber teilzunehmen. Daß diese dann länger dauerte, als seine wichtigeren Arbeiten es ihm gestatteten, lag nicht an ihm, sondern an mir. Denn ich widersetzte mich einer von ihm vorgeschlagenen Kürzung meines Referats.

Es handelte sich um einen mit der Zwischenüberschrift »Kritische Einschätzung« versehenen Absatz, in dem ich Gedanken zur Diskussion stellte, die im Amt schon oft welche hervorgerufen hatten. Daß sich im kulturellen Bereich mit Zahlen nicht alles erfassen läßt, wurde da etwa gesagt. Daß wir uns oft vor Methoden scheuen, die uns eventuell das Gegenteil von dem beweisen könnten, was wir bewiesen haben wollen. Daß wir Ergebnisse zu leichtfertig verabsolutieren, anstatt sie in richtige Beziehungen zu anderen Ergebnissen zu setzen. Da führt man zum Beispiel den Rückgang der Kinobesuche einseitig auf die Ausbreitung des Fernsehens zurück, ohne zu fragen, ob nicht vielleicht die schlechten Filme schuld sind, die wachsende Massensportbewegung, die aufreibende Berufsarbeit. Da werden Auflagenzahlen von Büchern mit Literaturwirkung gleichgesetzt, obwohl keine Statistik etwas sagt über die Exemplare, die als Prämien verschenkt und nie gelesen werden, die in Bibliotheken verstauben, aus Prestigegründen nur Bücherwände zieren; obwohl niemand weiß, wen ihr Inhalt abstößt oder zu entgegengesetzten Gedanken provoziert; obwohl sicher ist, daß Bücher mit geringeren Auflagen manchmal größere Wirkungen haben können, wenn zum Beispiel Lehrer, Pastoren, Agitatoren, Schriftsteller sie lesen und ihren Inhalt tausendfach verbreiten. »Wenn wir unsere gängigen Schlußfolgerungen aus der Literaturstatistik, meine Damen und Herren«, so schloß dieser provozierende Absatz, »auf die Goethezeit übertragen würden, kämen wir zu dem Ergebnis, daß nicht Faust oder Hyperion, sondern Rinaldo Rinaldini oder Mimili die wichtigsten Bücher dieser Epoche gewesen sind.«

Dankwart, der mich korrekt, aber kühl behandelte, wollte diesen Absatz entfernt haben, weil er nicht den Ansichten des Hauses (das heißt seinen) entsprach, also nur eine persönliche Meinung ausdrückte und damit nicht in das offizielle Referat gehörte. Da er nur eine Diskussion der von ihm vertretenen Prinzipien, nicht aber eine des Inhalts zuließ und nur Gans sich auf meine Seite schlug, zwang die kollektive Leitung mich zum Nachgeben, billigte aber meinen Vorsatz, das Problem als Diskussionsbeitrag zur Sprache zu bringen.

Natürlich bekam diese Randfrage dadurch ungeheure Bedeutung für mich. Ich stellte mir vor, wie sie die Gemüter der Zuhörer in Wallung bringen, die Konferenz erschüttern würde. Aber dazu mußten die schüchtern formulierten Fragen zu Behauptungen umgeformt, Vermutungen in Beweise verwandelt werden.

Ich vergaß an diesem Tage die Besuchszeit in der Klinik, lief nach dem Dienst in die Staatsbibliothek (wo ich meiner mit Männernamen versehenen Lesekarte wegen Ärger hatte), saß im Lesesaal, bis er geschlossen wurde, dann die halbe Nacht über zu Hause, las, schrieb, auch im Dienst und in der nächsten, der letzten Nacht vor der Konferenz, und wäre sicher durch Unterernährung und Schlaflosigkeit krank geworden, wenn Uschi nicht gewesen wäre. Obwohl sie für meinen Eifer kein Verständnis hatte, brachte sie mir Tee und Schnitten an den Schreibtisch und lockte mich nach Mitternacht ins Bett.

Die Konferenz wurde ein Erfolg. Die Organisation machte dem deutschen Ruf Ehre. Informationsmedien und höhere Stellen waren zufrieden. Noch nie hatte unser Amt im Licht der Öffentlichkeit so geleuchtet. Niemand wagte daran zu denken, daß wir einen Tag später wieder ins Dunkel zurücksinken würden. Am glücklichsten war Dankwart. Ständiges Lächeln verklärte seine Züge. Er fühlte sich wie im Paradies, ich mich wie unter Mohammedanern, deren Frauen dort bekanntlich nicht hinkommen. Außer mir litten nur noch die

zwanzig in- und ausländischen Fachleute, was aber im Wirbel der Begrüßungen, Freundschaftskundgebungen und Empfänge nicht auffiel.
Da die Verlesung von Grußtelegrammen Stunden beanspruchte und die Zeit des ständig sich wiederholenden Beifalls nicht einkalkuliert worden war, mußten die Spezialvorträge auf den zweiten Tag verschoben und damit in die Arbeitsgruppen verlagert werden.
Ich schnurrte mein Referat ziemlich unbeteiligt herunter, da ich innerlich nur mit dem Diskussionsbeitrag beschäftigt war. Als überraschenderweise heftiger Beifall kam, flüsterte mir Nestor Schultze, wie immer in der Nähe des Chefs, warm und feucht ins Ohr: »Der einzigen Rose unter Dornen applaudiert jeder gern.« Meine Dornen werdet ihr noch zu spüren bekommen, dachte ich und reichte bei Beginn der müde anlaufenden Diskussion sofort meine Wortmeldung zu Dankwart hinauf. Als dritter Redner mußte ich an der Reihe sein.
Der erste benutzte eine unpräzise Formulierung meines Referats dazu, der Versammlung zu beweisen, wie fleißig er die »Dialektik der Natur« studiert hatte. Der zweite bezeichnete mein Referat als ein absolutes Maximum des überhaupt Erreichbaren und brauchte dazu zwanzig Minuten. Der dritte erzählte, daß er bisher nur im Winter die DDR besucht und daher erst jetzt die Schönheiten des deutschen Sommers schätzengelernt hatte. Als der vierte die Worte seines Vorredners zu unterstreichen begann, reichte ich einen Zettel mit der Aufschrift: Ich bin dran!!! zu Dankwart hinauf. Der fünfte gelobte, sich kurz zu fassen. Nachdem er das unerwartet mit Hilfe einiger schwerverständlicher Formeln wirklich getan hatte, schob ich den sechsten Diskutierer, der von Dankwart schon aufgerufen worden war, beiseite, eroberte so das Pult und versuchte, das Flüstern und Murmeln der überraschten Versammlung zu übertönen.
In meiner Aufregung merkte ich erst nach längerer Zeit, daß ich, obwohl es schnell still geworden war, noch immer entsetzlich schrie. Ich senkte also die Stimme, verlor für Augenblicke den Faden dabei, und als ich ihn wieder hatte, schrie ich wieder los, besessen von der Angst, von Dankwart unterbrochen zu werden.

Sehen konnte ich den Chef nicht, da er links hinter mir saß. Dicht vor mir aber, in der ersten Reihe, saß Chefimitator Schultze und bildete, kopfschüttelnd, auf seinem Gesicht nach, was sich auf dem seines Gottes zeigte: Ärger und Wut.

Grund für mein Geschrei war wohl vor allem die Hoffnung, die Minderwertigkeitskomplexe, die man mir seit meiner Weibwerdung anerzogen hatte, abzutöten. Durch Lautstärke wollte ich Kraft demonstrieren, durch Aggressivität allen beweisen, daß mit mir noch gerechnet werden mußte.

Als ich schwitzend und atemlos wieder auf meinem Stuhl saß, erwartete ich einen Meinungsstreit, wie ihn das Amt noch nicht erlebt hatte. Die scheinheilige Eintracht dieser Konferenz würde platzen. Auch Dankwart würde den Sturm nicht aufhalten können.

Aber kein Sturm brach los. Peinliche Stille trat ein, die erst Dankwart beendete. Mit dem charmantesten Lächeln in meine Richtung begann er zu reden – nicht über meine Polemik: über mich. Er lobte meine Engagiertheit, das Feuer meiner Rede, das man auch bewundern konnte, wenn es sich nur an Kleinigkeiten entzündete. Er pries in mir die Vertreterin eines Geschlechts, das die Fesseln uralter Vorurteile abgeworfen hat und leicht und frei auf den vom Sozialismus geöffneten Bahnen in alle Bereiche des Lebens, der Kultur, der Technik, der Wissenschaft eindringt, vorwärtsschreitet, stark, selbstbewußt, und das doch dabei, allen gehässigen Voraussagen der Reaktion zum Trotz, seinen (und dabei wurde seine Stimme sanft) ureigensten Zauber der Weiblichkeit bewahrt.

Der Beifall für seine Worte dauerte so lange wie vorher die Stille nach meinem. Erleichterung drückte sich darin aus. Dankwarts Führungsqualitäten hatten sich wieder einmal glänzend bewährt. Er hatte gespürt; was die Menge bedrückte, und mit sicherem Mund die Last von ihr zu nehmen gewußt. Zwecklügen belasteten dabei sein Gewissen nicht.

Denn das mit dem Zauber der Weiblichkeit war eine. Nicht einmal Erinnerung daran hatte mein Auftreten bei den Zuhörern wecken können. Der Gewaltakt, mit dem ich das Pult erobert hatte, die Lautstärke, die Vehemenz meines Angriffs gegen Unbekannt, das Unmelodische meiner Stimme, mein sich überschlagender Eifer – das alles hätte der gute Geschmack einem Mann vielleicht gerade noch durchgehen lassen, einer Frau mußte man es übelnehmen, auch wenn man eigentlich zu ihrer Partei gehörte, ihre Meinung teilte, ihr beizustehen gewillt war. Die Peinlichkeit, die sie verursachte, lähmte jedes Gefühl für sie, ließ jeden Beistandswillen streiken.

Erst Dankwarts Worte machten es möglich, dieser Lähmung Herr zu werden. Dankwart, der Erlöser, grub ihren Gefühlen den Graben, durch den die Folgen des unangenehmen Erlebnisses abfließen konnten. Es handelte sich also um die notwendigen Begleiterscheinungen einer großartigen Sache, der Frauenemanzipation, um eine der sogenannten Kinderkrankheiten also. Durch die mußte man noch hindurch, dann würde die Frau so sein, wie das Gesetz einer fortschrittlichen Männerherrschaft es befiehlt: so ökonomisch nutzbringend, so souverän, so allseitig interessiert und gebildet wie der Mann, zusätzlich aber noch ausgestattet mit Grazie, Mütterlichkeit, Sanftmut, Liebreiz, Schönheit – kurz: mit all dem, was den Mann seit jeher an ihr erfreut.

Eine Kranke also! Die mußte man trösten, so wie Dankwart es mit seiner Lüge so vorbildlich getan hatte. Man fand also meinen Beitrag interessant, bedenkenswert, beachtlich tief, wohlüberlegt, ja sogar leidenschaftlich, kühn und mutig und konnte auf diese Art und Weise vermeiden, näher auf ihn einzugehen. Man schmeichelte, lobte, verzieh. Man nickte mir lächelnd zu. Dankwart strahlte. Schultze tätschelte meine Hand. Den größten Beifall aber bekam ein ungarischer Kollege, der reizend ausländisch akzentuiert mich den Sonnenschein der Konferenz nannte.

Ich war unfähig, noch einmal das Wort zu ergreifen. Als mein Blick auf Fräulein Wahrlich fiel, begriff ich plötzlich den ihren, den sie mir am ersten Morgen nach meiner Verwandlung zugeworfen hatte: den Blick tiefsten Mitleids mit jemandem, für den das Schicksal noch große Enttäuschungen bereithält.

Aber ich nehme das Schiksal nicht an, sagte ich zu mir und hatte meinen Entschluß schon gefaßt.

Als Uschi in der Pause bewundernd zu mir sagte, ich hätte

gesprochen wie ein richtiger Mann, antwortete ich ihr: »Warte heute nicht auf mich, ich werde in der Klinik schlafen.«

8

In der Klinik, in der Anna – schon viel zu lange – lag, wurden Besuche nur zu vorgeschriebenen Zeiten gestattet. Um Ärgernissen mit dem Personal zu entgehen, wandte ich mich gleich an den Arzt, der sich unseres Falles mit so großem Interesse angenommen hatte.

Er empfing mich fröhlich, bot mir seinen bequemen Sessel an, nahm selbst mit dem harten Patientenschemel vorlieb, saß aber nicht lange, sondern ging händereibend im Sprechzimmer hin und her, während er versuchte, mir den Umfang seiner Untersuchungsergebnisse klarzumachen. Da ihm die auch Laien verständlichen Begriffe fehlten, gelang ihm das nur unvollständig. Seine gute Laune aber übertrug sich trotzdem schnell auf mich; denn worauf es mir ankam, verstand ich wohl: Er hatte Erfolg gehabt! Annas Krankheit war geheilt. Der Versuch einer Rückverwandlung konnte unternommen werden. Wenn seine Hypothese zutraf, mußte sie gelingen. »Periodisches steht dem doch hoffentlich nicht im Wege?« fragte er überflüssigerweise. Denn er wußte darüber selbstverständlich genausogut Bescheid wie ich selbst.

»Und die seelische Bereitschaft?«

»Ja, ja!« rief ich, mußte mich aber noch gedulden, weil er jetzt vom Physiologischen zum Theoretischen überging. Er begann mit Hufelands Lob der Kraft menschlicher Imagination, streifte Kants Arbeit von der Macht des Gemüts, durch den bloßen Vorsatz seiner krankhaften Gefühle Meister zu sein, verweilte bei Mesmer, wies auf die Bedeutung Braids, Charcots und Bechterews, der Väter der hypnotischen Methode hin, rühmte kritisch Freuds psychoanalytische Schule und deren Folgen, ließ auch Suggestion, Autosuggestion und autogenes Training nicht aus, um schließlich, auf dem Umweg über Pawlows Speichelfluß, auf den mit unserer Hilfe von ihm entdeckten Effekt zu kommen, der einmal auf seinen bescheidenen Namen getauft werden würde.

»Diese Metamorphose ist beileibe kein mystischer, sondern ein dialektischer Vorgang«, sagte er im Schlußteil seiner Rede, dem er die Worte: Anleitung zum Handeln, Doppelpunkt, vorangesetzt hatte. »Die Quantität psychischer Wunschkraft setzt sich in einem bestimmten Punkt in physische Qualität um. Das ist wie auf dem Rummel bei Hautden-Lukas. Kraft treibt den Zeiger hinauf. Ist diese so groß, daß jener die obere Grenze erreicht, knallt's. Sie haben verstanden, worauf es ankommt? Auf Kraft, die zur materiellen Gewalt wird, wenn sie den Zündpunkt erreicht.«
Ich zeigte Optimismus, er griff zum Telefon und gab Anweisungen: Zimmer 6 und 8 waren für eine Nacht zu räumen, dem Patienten auf 7 waren der Zimmerschlüssel, eine Flasche Sekt und zwei Abendessen, Sorte K IA, auszuhändigen, der Nachtschwester war einzuschärfen, daß sie auf keinen Fall stören dürfte, auch zur Temperaturmessung am Morgen nicht.
Erwartung machte mich unfähig, dem Arzt zu danken. Ich schüttelte ihm wortlos die Hand.
Als ich die Tür zu Zimmer 7 öffnete, war eine Schwester dabei, einen Kopfkissenbezug als Tischdecke über den Nachttisch zu breiten. Sekt und Essen standen auf dem Fensterbrett. Anna war nicht im Zimmer. Ihr frischbezogenes Bett war schon aufgedeckt. Die Schwester forderte mich freundlich zum Eintreten auf. Sie war sehr jung, und ihre Grübchen glätteten sich auch nicht, wenn sie aufhörte zu lächeln.
»Ich bin Schwester Karin. Er ist noch im Bad. Sie sind seine Frau?«
»Nicht mehr lange«, war meine Antwort. Jetzt lächelte ich.
»Sie wissen schon?« fragte sie und öffnete staunend ihre gewaltigen Lippen.
Siegessicher hängte ich meinen Mantel neben Annas neuen Sommeranzug in den Kleiderschrank. Als ich mich wieder ins Zimmer wandte, stand Anna schon in der Tür, im Bademantel, ein Handtuch turbanähnlich ums Haar gebunden, jung, frisch, gesund. Sie schien viel an der Sonne gelegen zu haben. Ihre haarigen Beine und das straffe Männergesicht waren braungebrannt.

Ich lief auf sie zu, umarmte und küßte sie. Daß ich Männer nicht ausstehen konnte, spielte bei ihr keine Rolle. Sie sah ich schon in ihrer ehemaligen und zukünftigen Gestalt. Ich wäre auch sofort zärtlicher geworden, wenn mich die Gegenwart der Schwester nicht gestört hätte.

Die aber machte keine Anstalten, uns zu verlassen. Sie stand am Fenster und war dabei, die Verdrahtung des Sektkorkens zu lösen. Als Anna sich auf den Bettrand setzte, trat sie hinter sie und begann unaufgefordert, ihr das Haar zu trocknen.

»Anna«, sagte ich und versuchte vergeblich, den Jubel in meiner Stimme zu unterdrücken, »ich kann heute nacht bei dir bleiben.«

»Das wird nicht gehen«, sagte Anna.

Damit ihr Kopf beim Abtrocknen nicht hin und her geschüttelt wurde, mußte sie ihn steif halten, und um mich mit ihren kalten Männeraugen ansehen zu müssen, diese nach oben drehen.

»Doch, der Arzt hat es erlaubt.«

»Der weiß noch nichts«, sagte Anna, ohne ihren Blick von mir zu wenden.

»Ich dachte, Sie müßten es schon«, sagte Schwester Karin, legte das Handtuch weg, nahm Birkenwasser aus dem Nachttisch und massierte mit spitzen Fingern Annas Kopfhaut.

»Was?« fragte ich noch, hatte aber endlich begriffen.

Selbstmitleid rührte mich. Ich mußte mich setzen. Stolz hielt Tränen zurück.

»Schuld liegt auch bei Ihnen selbst«, sagte Karin, ohne die Fingerspitzen von Annas Kopf zu entfernen. »Die Einseitigkeit, mit der Sie Adam Ihr Frauenleben schilderten, hat ihn verstört. Nie mehr hätte er unbekümmert und vorurteilslos Anna sein können.«

»Du mußt Realitäten anerkennen lernen«, sagte Anna. »Du darfst nicht nur an dich denken. Es geht auch um Karin.«

»Sie werden Befriedigung darin finden, um die Vollendung der Frauenrechte zu kämpfen«, sagte die Schwester und begann mit geübten Bewegungen Annas Haar zu bürsten. »Zu tun gibt es da noch genug. Warum zum Beispiel wird noch immer der Waschtag nur den Frauen gewährt? Wir beide

werden völlig gleichberechtigt den Haushalt führen. So werden Adams Erfahrungen nicht ungenutzt bleiben.«
»Du hättest das Zeug zur Frauenrechtlerin«, sagte Anna. »Renegaten und Konvertiten waren schon immer die fanatischsten Sektierer.«
»Hat sich denn Adam als Anna jemals darüber beklagt, eine Frau zu sein?« sagte Karin. »Und tue ich es?«
In diesem Augenblick löste sich knallend der Korken vom Flaschenhals. Das Paar stürzte zum Fenster. Ich ging.
Uschi war nicht in meiner Wohnung. Sie hatte einen Zettel hinterlassen: »Meine Lage ist hoffnungslos. Kommst du als Karl wieder, bringst du Anna mit. Mit einer Karla aber, die keine Hoffnung mehr hat, ein Karl zu werden, kann ich nicht leben. Eingekauft habe ich noch. Du findest alles im Kühlschrank.«
In der gleichen Nacht noch, wie in den folgenden, bot ich alle Kräfte meines Gedächtnisses auf, um mich an den Vorgang des Geschlechtertauschs zu erinnern. Aber geblieben ist nur die Erinnerung an das mit der Verwandlung verbundene Geräusch, das willkürlich nicht herstellbar ist. Vergeblich versuche ich es wieder und wieder, obwohl ich weiß, daß auch das mir nicht helfen könnte.

Babylon

Peinliche Stille kommt gar nicht erst auf. Jeder weiß gleich was zu sagen. Das ist Betsys Verdienst. Vor Verlegenheit redet sie viel und sehr schnell, ohne Pause. Trotzdem gelingt es ihr, kleine Lacher zwischen die Worte zu schieben oder mit ihnen zu mischen. Das spornt alle an, verpflichtet zum Mitreden, zum Mitlachen, auch dazu (um das Tempo zu halten), den anderen nicht ausreden zu lassen, nicht aus Mißachtung seiner Worte, sondern aus Begeisterung über sie. So können alle fast gleichzeitig reden. Es entsteht ein ziemlicher Lärm. Dabei sind wir erst vier. Denn Alexander ist noch nicht da.

Er hat mich für acht zu Betsy bestellt. Bis Viertel neun habe ich vor der Haustür auf ihn gewartet. Dann bin ich hinaufgegangen durch das gediegene Vorderhaus, das nach der Sauberkeit des vorigen Jahrhunderts riecht. Wenn man auf Betsys Klingel drückt, müht sich ein Glockenspiel mit dem Lied »O wie wohl ist mir am Abend« ab. Nach den ersten vier Tönen geht die Melodie in tonloses Scheppern über. Der Korridor ist winzig. Er wird beherrscht von einem behelmten Gendarmen, der mit ausgestrecktem Arm und Zeigefinger auf den Betrachter weist und ihn drohend fragt, ob er die Pille heute schon genommen habe.

Kaum habe ich mich Betsy vorgestellt, klingelt es wieder, und Kitty kommt. Betsy stellt vor: erst mich Kitty, dann Kitty mir, schließlich uns beide Guy.

Kitty ist Betsys Freundin. Sie ist sehr außer Atem. Guy ist Amerikaner und hat goldne Knöpfe am blauen Jackett. Um nicht mit ihm allein zu bleiben, hat Betsy Kitty für sieben Uhr bestellt. Davon darf Guy nichts wissen. Deshalb hindert Betsy Kitty daran, zu erzählen, warum sie erst so spät kommt. Denn sie spielt vor Guy die Überraschte (lacht viel dabei, wie über sich selbst): Jahrelang kommt niemand zu ihr, und nun plötzlich ist das Haus voll. Auch daß Alexander unseren Besuch angekündigt hat, unterschlägt sie also.

Guy gibt sich erfreut, mich kennenzulernen. Mit gegenseiti-

gen Unterbrechungen versichern wir uns, daß wir nicht Betsys, sondern ihrer Arbeiten wegen hier sind. Ich bin Herausgeber einer Zeitschrift, you understand: of a magazin, und will entscheiden, ob Betsy, wie Alexander meint, als Mitarbeiterin in Frage kommt, Guy dagegen ist von Beruf zwar Vertreter von General Motors, zuständig für den Handel mit Eastern Europe, hat aber eine Schwägerin, deren Schwager editor von »The Painter« ist und ständig neue Talente sucht, solche originellen, wie Betsy eins ist. Er wird sie schon managen. O. K., Betsy? O. K!
Kaum ist Kitty ein paar Sekunden außerhalb des Gesprächs, merkt Guy das schon und zieht sie wieder hinein. Was denn sie arbeite, will er wissen, und als sie (sie ist Kulturfunktionärin) weit ausholt: das sei so leicht nicht zu erklären, unterbricht er, macht sie zu meiner Frau und erklärt: das sei Arbeit genug. Unser Gelächter versteht er falsch, lacht aber mit, macht überhaupt gute Miene zu dem Besuch, an den Betsy nun freigiebig den Whisky verteilt, den er mitgebracht hat – doch wohl um ihn mit ihr allein zu trinken. Die mitgebrachten Zigaretten dagegen kann Betsy allein rauchen, da niemand die filterlosen französischen verträgt.
Der Verdacht liegt nahe, daß sie den schwarzen Tabak aus ästhetischen Gründen bevorzugt. Denn bei ihr ist alles schwarz: das Haar, die Augen, die Bluse, die Hose, die Tür, der Arbeitstisch, das Bett, der Teppich und auch die Kommode, die ich, da sie niedriger ist als das Bett, für ein Sitzmöbel halte.
Betsys Schrei kommt zu spät. Geknackt hat schon was. Aber groß ist der Schaden wohl nicht, zumindest nicht sichtbar. Ich setze mich zu Kitty aufs Bett, die nun endlich, nachdem Guy Betsys aufblasbare Sessel empfohlen hat, dazu kommt, von den Gründen für ihre Verspätung zu erzählen (ohne ihr Bestelltsein zu erwähnen): Ein Unfall, hier in der Linienstraße, direkt vor der Haustür, ein Mann, jung soll er gewesen sein, lief, ganz langsam übrigens, in ein schnellfahrendes Auto und war sofort tot, sie wurde von der Polizei vernommen als Augenzeugin, falls man eine so nennen darf, die sofort wegsehen muß, wenn so etwas passiert.
Das Direkt-vor-der-Haustür erschreckt Betsy, und sie philosophiert ein bißchen über das Verhältnis von Angst und ört-

licher und zeitlicher Entfernung des Schreckens. Guy kennt die Zahl der täglichen Unfalltoten New Yorks, leitet dann aber geschickt auf ein weniger angstmachendes Thema über.
Natürlich ist er sehr dafür, mit der Arbeit gleich zu beginnen, hat aber unseren Gesprächen entnommen, daß noch auf einen Alexander gewartet werden soll. Das aber läßt Betsy nicht zu. Ach der! sagt sie und macht (nur für mich) das Gesicht eines Clowns, der zu weinen beginnen will. Sie ist doch nicht abhängig von dem! Sicher wird er bei Tanja sitzen. Sie ist unbefangener in seiner Abwesenheit. Ich übrigens auch, nur aus anderen Gründen. Alexanders Urteile über Betsys Arbeiten als meine auszugeben fällt leichter, wenn er nicht dabei ist. Alles, was ich über Kunst weiß, ist, daß ich nie sagen darf, was ich empfinde. Aber von Menschen verstehe ich was. Und Betsy ist einer, dem ich Genie zutraue.
Sie trägt keinen Büstenhalter unter der Bluse, sicher weil Sommer ist. Es ist schon halb zehn, und noch dämmert Tageslicht durch die Fenster.
Betsy bittet uns ins Zimmer. Erst jetzt merke ich, daß wir in der Küche sitzen. Neben dem Bett, in der Ecke hinter der Tür, stehen Gasherd und Kühlschrank, schwarz lackiert natürlich, wie auch die Töpfe und Kannen. Das Zimmer dagegen ist weiß. Neben unzähligen, meist leeren Rahmen und einem Teppich enthält es nur einen langen und flachen Schrank mit schmalen Schüben, in denen die Mappen liegen.
Die Schuhe werden unter dem Gendarmen abgestellt, denn auch der Teppich ist weiß und zum Sitzen bestimmt. Ich fühle mich beim Eintreten zu einem staunenden Ah verpflichtet. Guy fällt vor Bewunderung in seine Muttersprache zurück. Sonst spricht er Deutsch, nicht gut, aber doch besser als wir alle zusammen Englisch. Er ist überhaupt besser als wir, die wir ihn dauernd vergessen und schnell und berlinisch reden, so daß er nicht folgen kann. Trotzdem strahlt er ständig Glückseligkeit aus, versichert immer mal wieder, wie schön der Abend ist, versucht sich in Geistreicheleien und versteht unser Lachen falsch. Denn witzig an dem Amerikaner ist nur, daß er genau so ist, wie man sich einen vorstellt.
Die Blätter, die Betsy uns zeigt, nehmen kein Ende. Sie prä-

sentiert uns ihre gesamte Entwicklung; von Rousseau über Breughel und Chagall zu, wie sie meint, sich selbst. Mir gefällt es. Das macht mich mißtrauisch. Alexanders Urteile kann ich nicht nutzen, da Betsy sie beim Öffnen jeder Mappe vorwegnimmt: Alexander findet das so und so, hierüber sagt er das, darüber jenes.
Guy will wissen, wer Alexander eigentlich ist. Der Größte – für Betsy, sagt Kitty, die schon zuviel getrunken hat. Aber Betsy befiehlt: No word about Alexander! und öffnet die nächste Mappe, die Alexander für ihre beste hält. Leider erkenne ich nichts auf den winzigen Bildern, die sich auf den riesigen weißen Kartons etwas verloren ausnehmen. Aber der Whisky stärkt das Bedürfnis in mir, freundlich zu ihr zu sein. Ihr den Auftrag zu geben, war ich schon entschlossen, bevor ich hierherkam. In diesen Dingen kann ich mich auf Alexander verlassen. Eigentlich bin ich nur gekommen, um das Mädchen zu sehen, bei dem Alexander genausowenig Vergessen findet wie bei Tanja. Richtig gut sind Sie, Betsy! sage ich schlicht. Guy gibt seiner Bewunderung anders Ausdruck. Er pfeift wohltönend mit gespitzten Lippen einen Dauerton, der hoch beginnt und, tiefer werdend, schließlich verebbt.
Endlich erklingt, worauf wir alle gewartet haben, das Glockenspiel wieder: O wie wohl ist ... Kitty geht öffnen, schon unsicheren Schritts. Betsy räumt hastig die Blätter zusammen und vergißt für Sekunden, die Muntere zu spielen. Nach den Anstrengungen der letzten Stunden scheint ihr Gesicht leer, ganz ohne Ausdruck. Guy benutzt die Gelegenheit, mich zu fragen, ob wir Herrschaften schon geluncht haben. Der Ärmste hat Hunger. Ihm ist unvorstellbar, daß wir zu dieser Zeit das Abendbrot schon hinter uns haben.
Betsys Erregung war umsonst. Jetzt habe ich mein Gesicht nicht mehr in Gewalt. Denn nicht Alexander steht in der Tür, sondern Tanja. Sie ist gekommen, um nach Alexander zu fragen. Um acht wollte er bei Betsy sein und um neun bei ihr. Jetzt aber ist es halb elf, und unpünktlich war er noch nie.
Tanja ist Russin, Korrespondentin. Sie spricht mit uns Deutsch, mit Guy Englisch. Der ist über alle Maßen erfreut, sie kennenzulernen. Er ist zwar nur Manager bei General Motors, zuständig für den Handel mit Eastern Europe (mit

Ausnahme der Sowjetunion übrigens), aber in Künstlerkreisen fühlt er sich immer wohl, und Tanja ist die erste Russin seines Lebens, darauf muß er mit ihr trinken: auf die Freundschaft zwischen den Staaten und Rußland also! Aber Tanja trinkt nicht, was Guy veranlaßt, von Herzen zu bedauern, keinen Wodka bei sich zu haben. Aber enttäuscht ist er nicht etwa. Er bietet sich sofort an, Tanja Tee zu bereiten. Für uns hat Betsy noch Weinbrand-Verschnitt da, scheußlich, aber viel. Der Whisky ist alle.

Man sollte denken, daß Betsy und Tanja sich hassen. Aber das ist nicht so. Zur Begrüßung haben sie sich umarmt. Jetzt beweist Tanja ihr Verständnis für Betsys Arbeit dadurch, daß sie nur bestimmte Blätter aus verschiedenen Mappen sehen will und diese mit anderen, die gar nicht dabeiliegen, wortreich vergleicht.

Tanja ist zierlicher als Betsy, ihr Gesicht ruhiger und klarer, aber beide sind vom gleichen Typ. Wenn ich sie schwesterlich miteinander auf dem Teppich hocken sehe, die Köpfe über Kunst gebeugt, schlägt mein Neid auf Alexander langsam in Wut auf ihn um. Sicher, er leidet selbst, aber ist das ein Grund, den beiden ihr Leben kaputt zu machen?

Formvoll und freudig lädt Guy die ganze Gesellschaft ein, mit ihm lunchen zu gehen. Aber das geht nicht ohne Alexander. Kitty bekommt den Auftrag, in der Küche nach Brot und Butter zu suchen. Doch Guy leugnet, hungrig zu sein. Er habe nur an den Hunger der Damen gedacht.

Betsy zwingt sich dazu, mit mir über den Auftrag zu reden. Ihre Frage, welche ihrer Arbeiten meinen Vorstellungen am nächsten käme, stürzt mich in Ratlosigkeit. Von Guy unterstützt, rette ich mich in die Behauptung, ihr das verschweigen zu wollen, um ihren Ideenfluß nicht einzuengen. Tanja interessiert sich für die Ost-Geschäfte von General Motors. Um drei Viertel zwölf fällt Guy ein, daß er um zwölf die Grenze passiert haben muß. Meiner schmerzenden Beine wegen erbiete ich mich sofort, nach einem Taxi zu telefonieren.

Das Telefon steht im Korridor, auf einem flachen, schwarzlackierten Schränkchen, unter dem Gendarmen. Ich knie nieder (sitzen kann ich nicht mehr) und blättere im Telefonbuch. Johanna ist sofort am Apparat, weiß auch sofort, was ich will, und möchte mich schnell wieder loswerden. Sie liegt schon im Bett. Ja, sie ist wieder solo. Woher wir das wissen, ist ihr uninteressant. Daß sich Alexander wieder Hoffnungen macht, seitdem sie seinen Nachfolger rausgeschmissen hat, brauche ich ihr nicht erst zu sagen. Er war am Nachmittag bei ihr. Weggegangen ist er schon um sieben. Ob er die Straßenbahn benutzt hat, weiß sie natürlich nicht. Aber auch zu Fuß hätte er um acht hiersein müssen. So besoffen war er nicht. Was sie ihm gesagt hat, brauche ich nicht erst zu fragen. Ich stehe noch eine Weile auf dem Korridor und blicke dem Uniformierten furchtlos ins Auge. Sein blitzender Helm beeindruckt mich mehr als Betsys Kunst. Aber das darf ich sowenig zugeben wie meine Angst.

Kitty hat nun wirklich genug getrunken. Sie kann nicht mehr aufrecht sitzen. Mit unsicherer Stimme redet sie auf Betsy und Tanja ein. Sie ist um deren Würde besorgt. Dreimal fragt sie die beiden, ob sie wissen wollen, was Alexander in ihren Augen ist, und als sie es nicht wissen wollen, sagt sie trotzdem: ein Sadist ist er, ein Sadist.

Um den hungrigen Amerikaner kümmert sich keiner. Der versucht, auf und ab gehend, zu verbergen, daß ihm die eingeschlafenen Beine schmerzen. Er öffnet das Fenster. Ich stelle mich zu ihm und sehe auf die menschenleere Straße hinunter. Auf der Fahrbahn markieren Kreidestriche die Unglücksstelle. Guy macht Atemübungen und findet die Berliner Luft ausgezeichnet. Er ist der einzige von uns, der nicht raucht. Seit siebenunddreißig Tagen hält er schon durch. Meine Anerkennung meint er nicht zu verdienen, denn mit Anti-Nikotin-Pillen ist es ganz einfach. Schon vom Rauch anderer Leute wird einen schlecht.

Mir gelingt es, alles irrsinnig komisch zu finden: Kitty, die vor Würde fast platzt, weil sie keinen hat, an den sie sich verlieren kann, Tanja und Betsy, die an einem hängen, der von einer Dritten nicht loskommt, und dazu dieser Amerikaner, der vor Hunger und Übelkeit bald stirbt, dessen Gesicht aber unverdrossen Frohsinn verbreitet.

Jetzt beginnt er auch noch, von seinem Psychiater zu reden. Kitty fordert mit schwankender Stimme Entscheidungen. Mir fällt ein, daß ich vergessen habe, mich selbst komisch zu finden. Tanja möchte wissen, wer mit ihr Tee trinken will.

Von der Friedrichstraße her nähert sich ein Taxi. Guy beginnt seine Abschiedszeremonie bei mir. Entsetzlich glücklich ist er über den Abend. Beim Schuheanziehen versucht er noch, sich für morgen mit Betsy zum Dinner zu verabreden, denn seine Maschine nach Bukarest geht erst am Nachmittag. Aber Betsy hat zu tun.
Kitty ist unfähig, sich vom Teppich zu erheben. Ich schleiche auf Socken in die Küche, setze mich aufs Bett, sehe Tanja beim Teekochen zu und bin froh, daß sie es duldet. Betsy bringt die leeren Gläser und Flaschen. Sie behauptet auf englisch, Alexander vergessen zu können. Kitty ist eingeschlafen. Betsy wickelt sie in eine Decke, dann setzt sie sich zu uns. Wir trinken viel Tee, rauchen unmäßig und warten auf Alexander, bis der Tag kommt.

Freiheitsberaubung

Tendenzielle Gründe sind ausschlaggebend dafür, daß von den hunderttausend und mehr Geschichten, die Tag für Tag in Berlin passieren, gerade diese erzählt wird. Ihre Hauptperson heißt Anita Paschke, ist zweiunddreißig Jahre alt, blond, schlank, ledig und Mutter dreier Kinder. Als Nebenpersonen treten auf: Ströhler, ein Kellner, Schälicke, ein Volkspolizei-Unterleutnant, und Siegfried Böttger, Direktor des VEB Soundso. Die Zeit: eine Nacht des vergangenen Jahres.

Es beginnt mit der Nebenperson Ströhler. Der betritt kurz nach Mitternacht, von der Arbeit in der Bärenschenke kommend, müde natürlich und leicht alkoholisiert, das Haus Nummer 263 in der Linienstraße, in dem er, hinten, vierte Etage, Mitte, wohnt, und verläßt es fünf Minuten später wieder, um die Telefonzelle am Oranienburger Tor aufzusuchen, die aber defekt ist, worauf er eilig, in seinem leicht tänzelnden Gang, in die Bärenschenke zurückläuft, von dort aus das Polizeirevier anruft und den Wachhabenden bittet, sofort eine Funkstreife in die Linienstraße zu senden, wo im Hinterhaus, 4. Etage, links, ein Mensch, genauer: ein Mann, mit Fäusten gegen die Tür trommelt, schreiend behauptet, seiner Freiheit beraubt worden zu sein, und dringend nach Staatsgewalt verlangt. Nein, betrunken sei niemand, er nicht, obwohl er getrunken habe, wie es sein Beruf, er sei Kellner, fast verlange, und auch der Beraubte nicht, der, wenn man vernünftig mit ihm rede, auch vernünftig antworte, auf sächsisch übrigens, falls dieser Hinweis erlaubt sei. Nein, die Haustür sei nicht verschlossen, und im übrigen würde er, Ströhler, sich sofort vom Telefon weg vor das Haus begeben und dort die Streife erwarten, um den Kollegen unnützes Suchen zu ersparen, da das, was er als Hinterhaus bezeichnet habe, eigentlich der rechte Seitenflügel sei, dessen Eingang leicht übersehen werde, da der Durchgang zum zweiten Hinterhof eher ins Auge falle, weil er größer sei als der richtige Aufgang, sehr groß, eine Durchfahrt eigentlich, die aber von Wagen nicht mehr benutzt werden dürfe, wie auch die erste Durchfahrt nicht, da unter beiden Höfen sumpfige Keller lauerten, die Neigung zum Einbrechen zeigten, weshalb schon zwei Generationen von Mietern den Kohlenträgern Zuschläge zu zahlen gehabt hätten, des langen Fußweges wegen. Ja, wem die Wohnung gehöre, wisse er wohl, denn es sei die ihm benachbarte, vierter Stock links, er wohne Mitte und kenne die Frau recht gut, so wie man eine Nachbarin eben kenne, ohne mit ihr befreundet zu sein; sie heiße Paschke und sei eigentlich ein Fräulein, aber eins mit drei Kindern, zwei, vier und sechs Jahre alt, für die sie nie gleichzeitig habe Kindergarten- und Krippenplätze bekommen können, weshalb sie jetzt nachts arbeite, als Portier in einem kleinen Hotel in der Friedrichstraße, von zehn Uhr abends bis sechs Uhr früh, die geplagte Person, anständig übrigens, wenn man die wechselnden Männer nicht rechne, von denen der Trommler wohl einer sei, wenn er, Ströhler, sich in der Stimme nicht täusche, die er in den letzten Monaten schon öfter gehört habe, von der Treppe aus, nicht durch die Wände, die seien dick und lauthemmend, das sei der einzige Vorteil des Hauses, aber wirklich der einzige. Nein, wie der Mann heiße, wisse er nicht.

Ohne sich damit aufzuhalten, trinkt Ströhler noch einen Schnaps und macht sich unter den aufmunternden Worten seiner Kollegen auf den Weg zum Haus Linienstraße 263, das, was er nicht weiß, vor genau 100 Jahren von dem Geld eines Mannes erbaut wurde, dessen Urenkel jetzt in Hamburg wohnen und ihren Besitz kommunal verwalten lassen. Ströhler weiß nur, daß das Haus 1930 zum letztenmal renoviert worden ist und die Verwaltung nicht beabsichtigt, diesen Vorgang zu wiederholen, da das Objekt, seit 1950 bereits, zum Abriß vorgesehen ist, dessen Termin immer feststand: 1960, 1963, 1968, 1972. Jetzt ist zum Jahr der Hoffnung das übernächste ernannt, worauf nur neue Mieter mit wenig Erfahrung Illusionen gründen.

Als Ströhler den Tatort erreicht, ist die zweite Nebenperson schon dem Auto entstiegen: der schwergewichtige Unterleutnant, der sich nicht namentlich vorstellt, was Ströhler aber tut, worauf er noch einmal berichten muß, was der Leser schon weiß. Während sie den dunklen Hof überqueren und

die Stiegen erklimmen, aufgeregt hüpfend der Kellner, ruhig, bedächtig der Polizist, sind noch Fragen zu beantworten, als erste die nach den Kindern, an die Ströhler noch nicht gedacht hat, zu denen ihm aber gleich etwas einfällt, eine Bemerkung ihrer Mutter nämlich: alles mögliche mögen sie von ihren Vätern geerbt haben, die Fähigkeit zu erstaunlichem Tiefschlaf aber hätten sie bestimmt von ihr.
Bei der nächsten Frage bleibt Ströhler stehen, um der heftigen Verneinung gestisch Ausdruck geben zu können: Um Himmels willen, auf keinen Fall, keine Spur davon, mit den wechselnden Männern habe er das nicht gemeint, wenn er sich recht erinnere sogar von einer anständigen Person gesprochen, auch von einer bedauernswerten, der die Männer immer abhanden kämen nach Monaten oder Jahren, vielleicht, wer kann es wissen, auch wegen der Wohnung, deren Übeln kaum einer für längere Zeit gewachsen sei.
Auf jeden Redeschwall des Kellners reagiert der Unterleutnant lediglich mit Grunzen, äußert keine Meinung, zeigt kein Gefühl, auch vor der Paschkeschen Wohnung nicht, hinter der Fäuste an eine Zimmertür trommeln und Hilferufe ertönen. Er wartet geduldig, bis der Trommler pausiert, bückt sich, öffnet den Briefschlitz und ruft in den dunklen Korridor, daß die Volkspolizei da sei und Aufklärung fordere.
Die Verständigung ist schlecht. Durch die zwei Türen ist nur zu verstehen, wer laut redet und langsam. Das aber bringt der Eingeschlossene nur nach mehrfacher Aufforderung fertig. Schließlich ergibt sich folgender Tatbestand: Der Mann wird von Frau Paschke in böswilliger Absicht gefangengehalten; er verlangt eine sofortige Befreiung, notfalls durch gewaltsames Öffnen der Wohnung.
Der Unterleutnant nimmt das schweigend zur Kenntnis, fragt Ströhler, der vor Aufregung nicht stillstehen kann, nach der Arbeitsstelle der Frau, befiehlt dem Gefangenen Ruhe und Geduld, wünscht Ströhler eine gute Nacht und verläßt das Haus.
Anita Paschke versieht währenddesssen ordentlich ihren Dienst, der bis zu vier Fünfteln aus jenem schon erwähnten Tiefschlaf besteht, aus dem sie bei Störungen nur eine äußerst laute Klingel zu reißen vermag, die der Besitzer der Pension, Herr Eisenpeter (der hier nicht auftritt, da er von zweiund-

zwanzig Uhr dreißig bis fünf Uhr dreißig Nachtruhe hält), für sie hat anbringen lassen müssen, damit nach Mitternacht eintreffende Gäste davor bewahrt werden, den Rest der Nacht zwar nicht auf der Straße, aber doch im Treppenhaus verbringen zu müssen; denn Herrn Eisenpeters kleines Hotel mit dem großspurigen Namen »Stadt Frankfurt« nimmt nur die zweite Etage eines sonst als Wohnhaus dienenden Gebäudes ein.

Bis Mitternacht etwa hält Anita sich noch durch Fernsehfreuden und Strickarbeit munter, dann stellt sie, falls ein Gast vor ihrem Dienstschluß geweckt zu werden wünscht, den Wekker, legt die Zimmerschlüssel der Nachtschwärmer griffbereit, wickelt sich in eine Decke, rollt sich in einem der großen Clubsessel zusammen und schläft sofort ein – wenn sie nicht, wie in dieser Nacht, noch für fünf bis zehn Minuten wachgehalten wird von sorgenvollen Gedanken, die zwar nicht dem Eingeschlossenen gelten, aber doch von ihm ausgelöst sind. Sie denkt an Ratten, sanitäre Einrichtungen und Behörden.

Das geht in ihrem Kopf alles bunt durcheinander; aber am Schluß entsteht dann doch so etwas wie ein Plan für den nächsten Tag, an dem sie unter Betriebsamkeit ihre Verzweiflung zu begraben versuchen will. Sie wird mit den Kindern zusammen Bittgänge machen, Tränen vergießen, ihre Verzweiflung ausbrechen lassen, sie wird schimpfen, lästern, einige ihrer vielen Rattengeschichten erzählen, wird von Kälte, Hitze, Nässe, Schmutz und Gestank reden, Kinderkrankheiten aufzählen, Fachausdrücke von Bauingenieuren, Klempnern, Installateuren benutzen und so hoffentlich wieder einmal ein Bündel von amtlichen Papieren in die Hand bekommen, auf denen die Poliklinik, die Hygiene-Inspektion, das Sozialamt und die Jugendfürsorge ihr bescheinigen, daß ihre Wohnverhältnisse unzumutbar sind. Das Bündel wird sie, auch hier von ihren drei lärmfreudigen Kindern begleitet, zum Wohnungsamt tragen, wo man es verdrießlich zu ihrem schon stattlichen Aktenstoß heften wird. Falls sie an die Dicke gerät, wird die sie mit der Bemerkung, sie könne nur Wohnungen vergeben, die sie habe, kurz abfertigen, falls aber die Alte da ist, wird die besser wehklagen, als sie, Anita, das jemals lernt, über die vielen, vielen Familien, denen es

viel, viel schlechter geht als ihr, die mit sechs Personen in einem, nicht wie sie mit vier in zwei Zimmern hausen müssen, deren Klosett nicht wie bei ihr auf der Treppe, sondern im Hof ist, deren Wasserleitung nicht wie in Linienstraße 263 bei jedem Minusgrad einfriert, da sie niemals funktioniert und nie mehr zu reparieren ist. Die Alte wird das so gut machen, daß Anita ihrer Selbstsucht wegen (hat sie doch sogar das Fehlen eines Bades beklagt!) ein schlechtes Gewissen haben und Mitleid empfinden wird: mit den Armen, denen es soviel schlechter geht als ihr, und auch mit der Alten, die unter dem Elend leidet, das sie nicht lindern kann. Reumütig wird sie sich zurückziehen, und erst auf der Straße werden ihr wieder die vielen, vielen Familien einfallen, denen es viel, viel besser geht als ihr, und treffende Worte wird sie wieder, verspätet, in Bereitschaft haben zur Anklage der Ungerechtigkeit, die darin besteht, daß einer, der seit jeher in einem solchen Dreckloch wohnt, nicht mehr herauskommt, es sei denn, das Haus wird abgerissen oder der Hausbewohner hat Beziehungen zu einer der Stellen, die Neubauwohnungen an Leute vergeben, denen der Besuch des Wohnungsamtes nicht zuzumuten ist.
Aber mit dem Wort Beziehungen ist Frau Paschke wieder zu ihrem Ausgangspunkt zurückgekehrt, zum Trommler, dem sie, zur eigenen Schonung, weitere Gedanken nicht gönnen will. Also flüchtet sie in den Schlaf, der aber nur kurzfristig Schutz gewährt, weil Klingellärm ihn zerstört.
Was Unterleutnant Schälicke bei Ströhler nicht tat, tut er hier: Er stellt sich vor, nennt Rang und Namen und deutet an, was ihn in die »Stadt Frankfurt« führt. Schreckensreaktionen bei der Frau hat er nicht unbedingt erwartet, aber daß sie sich amüsiert zeigt, überrascht ihn doch. Seine Genossen warten unten im Wagen, er hat es eilig, möchte die Kleinigkeit gleich an der Tür erledigen, folgt aber der Frau, gegen seinen Willen, in den Empfangsraum, der eigentlich nur ein langgestreckter Korridor ist, belastet, nach freundlicher Aufforderung, einen Sessel mit seinem nicht geringen Gewicht, raucht, nimmt sogar die Mütze ab und hört zu eigner Verwunderung nicht Vorwürfe und Anweisungen aus seinem Munde kommen, sondern verständnisvolle Fragen, nachdem er allerdings drei erst selbst hat beantworten müssen: Schlafen die Kinder? Tobt er noch sehr? Wie spät ist es?

Natürlich ist sein Staunen über sich selbst, so groß es auch ist, doch kleiner als das über die Frau, die nicht nur Zierlich-Ansehnliches aus der Decke wickelt und sich, redend, vor seinen Augen ihr Langhaar kämmt, sondern die vor allem ihn gar nicht wie einen Staatsdiener behandelt, ihn durch Nichtbeachtung seiner Autorität entwaffnet, ihn ins Vertrauen zieht, zum Komplizen macht.

Der da in ihrem Wohn- und Schlafzimmer vergeblich nach Freiheit schreit und mit seinen weißen Pranken, denen man das große Tier schon ansieht, auf Holz trommelt, erfährt er jetzt, ist ein gewisser Siegfried Böttger, von Freunden und Frauen Sigi genannt, Direktor des VEB Soundso, den sie vor vier Monaten kennen- und schätzengelernt hat, hier in diesem Hotel, in das er durch einen Zufall verschlagen worden war, als er seine Leipziger Wohnung samt Frau und zwei Kindern hat verlassen müssen (des Direktorpostens wegen) und die komfortable Neubauwohnung in der Berliner Leipziger Straße noch nicht fertig war. Fertig aber war er, mit den Nerven nämlich, denn die Trennung und die neue Arbeit nahmen ihn sehr mit, er brauchte Trost, und wenn einer den braucht, ist sie nicht zu bremsen, auch von schlechten Erfahrungen nicht, die sie wahrlich genug hat. Gut war er zu ihr und zu den Kindern und sie in ihn verliebt; das war sie immer, wenn sie mit einem etwas hatte, leider viel zu oft. Mit ihm aber ging ihr das nicht gleich so, weil er nämlich das beschissene Haus, in dem sie wohnt, nicht beschissen, sondern köstlich fand, tatsächlich, wenn auch kaum zu glauben. So, genau so war's bei uns daheim! hat er auf sächsisch gejubelt, was sie kaum hat verkraften können, trotz aller Sympathie. Fast hätte sie ihn ins Hotel zurückgeschickt. Drei Wochen brauchte er, um zu begreifen, wie sehr ihr seine Schwärmerei für verrostete Ausgüsse, platzenden Putz, Wasserflecke und verstopfte Leitungsrohre auf die Nerven ging. Gewandelt aber hat nicht sie ihn, sondern die Ratte, die am Sonntagmorgen im Klobecken saß und ihm den Frühstücksappetit verdarb.

Das erzählt Anita so ausführlich, wie es dem Leser gar nicht zugemutet werden kann. Es genügt die Andeutung: Er öffnet, noch im Schlafanzug, den Deckel, will sich setzen, da starrt das kotverschmierte, nasse Vieh ihn an, springt in die

Jauche zurück, paddelt, die Schnauze über Wasser, er spült, es ist verschwunden, taucht wieder auf, erklimmt die Plattform wieder, die nächste Spülung wird erst in drei bis vier Minuten möglich, weil der Behälter sich erst wieder mit Wasser füllen muß. Wer kann schon mit dem Feuerhaken einschlagen auf das Tier? Auch ist das Becken ja aus Porzellan.
Anita hat noch viele Rattengeschichten parat. Meist hält sie sie mühsam zurück, doch manchmal muß sie sie erzählen, um nicht daran zugrunde zu gehen, an ihrem Ekel, ihrer Angst. Als Kind ist sie von einer gebissen worden, auf dem Hof abends ist sie auf eine getreten. Mal lag eine tote morgens in ihrem Schuh, bei Winterbeginn fand sie im Ofen ein Nest. Sie ist gewohnt, daß alles schreit: Hör auf!, wenn sie mit ihren Geschichten anfängt. So einen wie den Unterleutnant hat sie noch nie erlebt. Seine Haltung ist erstaunlich. Er schlägt als Instrument für die Toilettenratte die Kohlenzange vor: fest packen, dann ersäufen. Er kennt das, denn er wohnt ähnlich, allerdings nicht mehr lange.
»Neubau?« fragt Frau Paschke interessiert. Bei der Polizei müßte man eben sein oder in einem Betrieb, in dem genossenschaftlich gebaut wird. Aber wie soll sie das machen mit den Kindern? Und wo die Tausender hernehmen. Sie hat zweiunddreißig Jahre ihres Lebens in der Linienstraße verbracht, das ganze also, immer unter der Wohnung gelitten und an Lebenszielen nur eins gekannt: sie zu verlassen. Eigentlich war alles, was sie im Leben getan, gedacht und sogar gefühlt hat, darauf nur gerichtet, die Liebe sogar, das soll verachten wer kann.
Sicher wird die an Geistigem Interessierte den häßlichsten Kopf nehmen, wenn nur viel drin ist, und eine, die glänzen will, wird sich in männliche Schönheit und Eleganz verlieben; sie aber verfällt dem ganz, der, wie ihr Genosse Direktor am Rattenmorgen, ihr zuruft: Du mußt hier raus! und der auch die Macht dazu hat. Denn er hat Beziehungen, und die sind bekanntlich im Sozialismus wichtiger als Geld, wenn es um so große Dinge geht wie Wohnung oder Auto, bei deren Verteilung es streng regelrecht zugeht bis auf die Ausnahmen, die die Regel bestätigen müssen, und zu den Ausnahmen muß man eben auf irgendeine Weise gehören, will man aus dem unverschuldeten Elend heraus.

Obwohl der Unterleutnant, besonders im Dienst, solche Äußerungen eigentlich nicht verantworten kann, grunzt er zustimmend, denn schließlich gehört er selbst zu den in die Slums Hineingeborenen, die sich angesichts der die Neubauten bevölkernden Zugereisten vorkommen wie die auf den Kietz verbannten Ureinwohner eines eroberten Landes. Wer sich verdient macht um die Macht, die die Komfortwohnungen baut, pflegt er sonst immer zu sagen, bekommt früher oder später auch eine. Aber das scheint ihm hier unpassend, und er kommt ausweichend, ohne allzu dienstlich zu werden, auf den Anlaß seiner Bekanntschaft mit Frau Paschke zurück, indem er, wie immer mit Worten sparend, nach dem Grund ihrer Tat fragt, die leicht zu einer Straftat werden könnte.
Die Amüsiertheit, die Anita wieder zeigt, ist eine von der Sorte, die leicht in tränenfeuchte Verzweiflung umschlagen kann. Das Wort Straftat, sagt sie, bringe sie auf die Idee, wirklich eine zu begehen, um dann dem Richter ihre Sache vortragen zu können. Vielleicht käme sie dann nicht ins Gefängnis, sondern in eine helle Wohnung mit winterfesten Abflüssen (um vom Bad nicht zu reden), wie jene Frau aus der Kleinen Auguststraße, die mit selbstgemaltem Transparent am Alex gegen das Wohnungsamt demonstriert habe, allein, nicht lange freilich, weil die Polizei sich gleich ihrer Sache angenommen habe, zu letztlich gutem Ende. Aber diese Idee sei, wie gesagt, neu, eben geboren, vorher sei eigentlich an Gedanken gar nichts dagewesen. Es war die reine Tat. Sie brauche so was, wenn sie ganz am Ende sei. Aufgezwungene Rollen weigere sie sich zu spielen. Sie sei der Verlierer gewesen, folglich habe sie sich nicht wie ein solcher benehmen dürfen.
Vielleicht hat sie, als sie die Zimmertür abschloß, die Sache so ernst noch gar nicht gemeint. Aber dann hat er, an der Klinke rüttelnd, gesagt: Laß doch die dummen Späße, Anita!, worauf sie den Schlüssel abgezogen hat und gegangen ist, des Tons wegen, der sie schon vier Stunden lang in Rage gebracht hatte, dieser Erzieherton, in dem, ganz gleich, was gesagt wird, immer mitschwingt: Ich weiß alles besser!, dieser Herrscherton, aus dem immer zu hören ist: Ich habe immer recht!, dieser Direktorton, in dem das schlichte: Tschüß, ich habe dich satt! klingt wie: Ich hatte wirklich eine Engels-

geduld mit Ihnen, mein Kind, aber da Sie sich trotz, wie ich annehmen möchte, guter Vorsätze doch nicht ändern können, müssen sich unsere Wege leider trennen, wobei ich hoffen will, daß Sie mir keine Schwierigkeiten machen werden.

Welche ernsthaften Schwierigkeiten kann sie ihm schon machen?

Der Unterleutnant, der des wartenden Streifenwagens wegen nun doch langsam unruhig wird, drängt durch Fragen auf Abkürzung der Geschichte: Das Einsperren sei also als Strafe für Untreue gedacht? Aber Anita besteht darauf, daß im Moment der Tat an gar nichts gedacht gewesen sei, erst danach. Und was bedeutet schon Untreue? Um Nichteinhaltung eines Versprechens ginge es. Von Heirat sei nie die Rede gewesen, selbst im Bett nicht, wo er am ehesten davon gesprochen hätte, weil sie (Erfahrungen hatte sie genug, aber die allein seien es nicht) sehr schnell herausgefunden habe, was ihm am liebsten war.

Erfahrungen allein seien es nicht, wiederholt sie und sieht den Unterleutnant nachdenklich an, es sei mehr Begabung, die man nur haben, nicht lernen könne. Aber illusionslos zu sein, das lerne sie nie. Nicht etwa, daß sie doch auf Heirat gehofft habe, nein, an die Wohnung, die er ihr habe besorgen wollen, habe sie geglaubt, ein Vierteljahr lang. Abend für Abend habe er davon geredet, das habe bei ihr gewirkt wie Alkohol. So fest vertraut habe sie ihm, daß manchmal schon Abschiedssentimentalität über sie gekommen sei. Schon habe sie eine Vorstellung davon gehabt, wie schön es sein müsse, sich Gefühle der Rührung leisten zu können, wenn man nach zehn Jahren sauberen und sonnigen Wohnens diese Drecklöcher wiedersehe.

Und dann kam dieser plötzliche Schluß. Vier Stunden hat er ihr erklärt, daß sie ihn nicht auf die richtige Art liebe. Von ihrer Wohnung war nicht mehr die Rede, nur, ganz nebenbei, von seiner, der neuen, fünf Zimmer im Hochhaus. Sie ist bezugsfertig. Der eben beginnende Tag ist der des Umzugs. Um fünf Uhr morgens muß er in Leipzig sein, um der Frau zu helfen. Für dreiundzwanzig Uhr war sein Wagen bestellt:

»Wie spät ist es jetzt, Herr Schälicke?«

»Ein Uhr durch.«

»Das reicht. Hier sind die Schlüssel zur Wohnung, hier der fürs Zimmer. Aber es eilt nicht. Einen Wohnungsschlüssel habe ich übrigens noch. Vielleicht bringen Sie mir die anderen mal vorbei. Sagen wir, morgen abend? So gegen sieben oder acht? Und treten Sie, wenn Sie durch die erste Durchfahrt gehen, laut auf, um die Ratten zu warnen. Die sitzen um diese Zeit in den Mülltonnen. Es gibt ein scheußliches Geräusch, wenn sie über die Blechdeckel rutschen. Solange ich denken kann, werden sie alle halbe Jahre vergiftet, aber weniger werden es nie. Verstehen Sie das?«

Der Unterleutnant geht. Nichts als Rache des kleinen Mannes, sagt er im Wagen und versucht, seiner Stimme einen Ton von Abfälligkeit zu geben, was schlecht gelingt. Erst nachdem sie randalierende Betrunkene in der Brunnenstraße beruhigt und eine Schwangere in die Klinik gefahren haben, finden sie Zeit, den Herrn Direktor zu befreien, der ihnen mit Beschwerde droht. Von einer Klage gegen Frau Paschke, die der Unterleutnant ihm vorschlägt, will er nichts wissen.

Schälicke sieht noch nach den schlafenden Kindern. Als er die Wohnungstür abschließt, taucht Ströhler, im Pyjama, wieder auf und bietet sich als Schlüsselbewahrer an. Aber der Unterleutnant verweist auf seine Vorschriften und steckt die Schlüssel in die Tasche.

Herr Müller, diesseits und jenseits der Oder

Das Rätsel, das Herr Müller mir jahrelang war, löste sich erst nach seinem Tode. Der einzige Mitwisser hatte aus Vorsicht so lange geschwiegen. Daß es andernfalls tatsächlich Ärger mit den Behörden gegeben hätte, glaubt aber nachträglich keiner. Die einen bezweifeln, daß Herr Müller sich überhaupt strafbar gemacht hat; die andern nehmen an, daß Unzurechnungsfähigkeit ihn geschützt hätte; ich traue auch Zollbeamten Empfindungen zu, stehe aber mit dieser Meinung allein. Niemand im Dorf ist von Herrn Müllers Geschichte gerührt, mancher aber empört, besonders der Sohn, dessen Frau und auch schon die Enkel.

Rührend war Herr Müller zu seinen Lebzeiten wohl nie, am wenigsten aber in seinen letzten Jahren, in denen ich ihn kennenlernte. Er war schon über siebzig, als ich ins Dorf kam, arbeitete aber noch. Die Bäuerliche Handelsgenossenschaft beschäftigte ihn als Filial-Verkäufer. Jeden Tag radelte er in ein anderes Dorf. Donnerstags war er bei uns. Acht Stunden quälte sich dann der kleine, breitschultrige Mann an einem schäbigen Tisch mit Rechnungsformularen und Preistabellen ab und hinderte die Kunden daran, wieder fortzugehen.

Die Verkaufsstelle war im Speicher des ehemaligen Guthofes untergebracht. Man mußte eine Lagerhalle durchqueren, um den kleinen Verschlag zu erreichen. Während man an einer Schrotmühle und Stapeln von Kleie-Säcken vorbeiging, hörte man schon Herrn Müllers hohe, hastige, wie atemlos wirkende Stimme. Immer sprach er wie einer, der fürchtet, bald nichts mehr sagen zu können, und deshalb die letzte Gelegenheit wahrnimmt. Öffnete man die Tür, brach er mitten im Satz ab, um dem Ankommenden nach einem Gruß mitzuteilen, was die drei, vier oder auch acht Wartenden bereits wußten: daß er seine Nächte erkrankter Lämmer wegen schlaflos verbrachte, daß sein Brunnen defekt war oder der Nachtfrost seine Tomatenpflanzung zerstört hatte. Wovon er auch redete, stets klagte er. Er war, glaubte man ihm, ein vom Unglück Verfolgter. Keine Arbeit (und er arbeitete viel) brachte ihm auch nur den geringsten Ertrag; das Wetter mochte sein wie es wollte, es schadete ihm; jede Krankheit suchte ihn heim; und nur das im Land zirkulierende Geld, von dem doch ein Teil auch für ihn bestimmt war, mied ihn beständig.

Zuerst war ich erstaunt, wie ruhig die Leute die langen Wartezeiten hinnahmen; später begriff ich, daß diese scheinbare Geduld in Wahrheit Resignation war. Man wußte von der Zwecklosigkeit jeder Revolte und fügte sich der wortreichen Gewalt. Weder Bitten noch Flehen konnten ihn dazu bringen, den Verkaufsvorgang zu beschleunigen, und auch Grobheit, die ihm den Redefluß abschnitt, führte zu keinem Erfolg. Zwar sah er den Grobian dann erschrocken an, murmelte: Ja natürlich, sofort! und begann mit tastenden Händen nach seiner Brille zu suchen, doch ehe er diese gefunden hatte, vergaß er den Schreck und begann wieder zu klagen: war Sehschwäche doch Ausgangspunkt für manches Verhängnis, das ihn betraf. Vernünftiger als unruhig zu werden, war es also, sich den Gummistiefeln, den Werkzeugen, Farben und Düngemitteln in den Regalen zu widmen oder untereinander Gespräche zu führen, solange Herrn Müllers Jammertöne erschallten. Brachen die aber ab, weil Herr Müller zu Brille und Stift griff, um den Verkaufsakt zu tätigen, mußten auch die Gespräche verstummen, da jedes Wort, das er vernahm, ihm neue Wortfluten entlockte.

Es war also ganz still in dem engen Raum, wenn Herr Müller sich endlich über den Rechnungsblock beugte. Nachdem das Blaupapier eingelegt war, und er den Stift schon angesetzt hatte, richtete er sich noch einmal auf, um das Publikum zum wiederholtenmal nach dem Datum zu fragen. Als habe er es noch nie gesehen, betrachtete er nun das Objekt, das verkauft werden sollte. Etikette las er halblaut vor. An diesem Punkt war die Gefahr groß, daß seine Tätigkeit wieder ins Stocken geriet. Verbanden sich mit der Ware nämlich schlechte Erfahrungen für ihn, erläuterte er die ausführlich. Bestand der Kunde trotz Warnung auf Kauf, begann der schriftliche Teil des Geschäfts, den Herr Müller sehr ernst nahm. So genau wie möglich mußte die Ware benannt werden. Hatte man nach einstündiger Wartezeit beispielsweise ein Tütchen

Mohrrübensamen erstanden, begnügte er sich nicht mit der Kurzform Samen, sondern er schrieb: Samen (Mohrrüben), Sorte: Frühe Riesen, Doppelpackung, 0,40 M. Darüber stand das Datum, darunter seine Unterschrift. Hatte auch der Käufer noch mit seiner Unterschrift den Empfang der Ware bescheinigt, wurden Rechnung und Durchschlag mit einem Stempel versehen. Da Herr Müller nicht nur langsam schrieb, sondern auch groß, waren bei umfangreicheren Käufen mehrere Zettel nötig. Seiner Dauerklagen hätte es also nicht bedurft, um den Einkauf bei ihm langwierig zu machen.
Mit Kontaktbedürfnis hatte Herrn Müllers Schwatzhaftigkeit nichts zu tun. Er war an anderen Leuten so uninteressiert, daß er nicht zuhörte, wenn sie was sagten. Seine Abende und Wochenenden verbrachte er (wenn man sein Kleinvieh nicht rechnet) allein. Auch den Drang, Zuhörer mit seinem Lebenslauf zu belästigen, hatte er nicht, doch floß Wesentliches davon in seine Klagen mit ein, so daß die Kundschaft über seine Biographie informiert war. In der Neumark, gleich hinter der Oder, hatte er früher einen Bauernhof besessen – so groß und reich natürlich, wie es hier keinen gibt. Nach dem Krieg hatte er als Neubauer wieder begonnen und war bald nach der Kollektivierung Rentner geworden, einer von den ruhigen, die am Tag ihren Garten pflegen, zwei Stunden in der Gastwirtschaft verplaudern und am Abend vor dem Fernseher sitzen. Nach dem Tod seiner Frau erst (aber nicht als Folge von diesem) war er zu dem unausstehlichen Alten geworden, der ständig nicht nur, mit Recht, über die viele Arbeit klagte, die er sich machte, sondern auch über das fehlende Geld – was lächerlich war, weil jedermann wußte, daß er mit seiner Rente, seinem Gehalt und dem Erlös aus Schaf-, Gänse- und Hühnerzucht, aus Spargel- und Tomatenanbau viel verdiente. Aber das alles reichte ihm nicht. Er bereitete eine Champignonzucht vor, zu der es dann nicht mehr kam. Das Haus, das er dem verheirateten Sohn verekelt hatte, vermietete er und zog in die Waschküche um. Wenn es stimmt, was die Leute erzählen (ich bin nie bei ihm zu Hause gewesen), lebte er dort mit Lämmern und Küken zusammen.
Den Zettel mit der Aufschrift: Wegen Krankheit geschlos-

sen!, den ich nach Rückkehr von einer Reise an die Verkaufsstellentür geheftet fand, hatte er noch geschrieben. Inzwischen war er, mit einundachtzig, gestorben. Mitleidslos, aber treffend hieß es im Dorf: Er hat sich zu Tode gerackert. Der Sohn erwartete eine Riesenerbschaft und wurde enttäuscht. Jedem, der es hören wollte, erzählte er, daß der Kontostand seines Vaters siebenundachtzig Mark siebenundachtzig betragen hatte. Die Symmetrie schien ihn, wenn er die Zahlen aussprach, besonders zu ärgern.

Als das Rätsel gelöst war, wurde klar, daß die Geldscheffelei über die Rentnerzufriedenheit in dem Jahr gesiegt hatte, in dem das visumfreie Reisen nach Polen möglich geworden war. Der Gedanke, in die alte Heimat zu fahren, war nicht von ihm gekommen. Herr Kühn, ein ehemaliger Nachbar, hatte ihn überreden müssen mitzufahren. Die beiden Dörfer, in denen er die zerrissenen Hälften seines Lebens verbracht hatte, trennte nur eine knappe Auto-Stunde. An einem Sommersonntag nach dem Mittagessen holte man Herrn Müller ab, zum Abendessen war er wieder da. Nach erstem Mißtrauen und Verständigungsschwierigkeiten waren sie freundlich aufgenommen und bewirtet worden. Das junge Paar, das Müllers alten Hof ein Jahr zuvor erst übernommen hatte, sprach etwas Deutsch. Herr Kühn, der sich ein wenig schuldig fühlt und Müller deshalb besonders scharf verurteilt, versucht die Sache zu erklären, indem er das Wort Schock benutzt. »Ein Schock war's schon«, sagt er, »daß sich so gut wie nichts verändert hatte. Außer der blauen Tünche auf der Straßenseite und einem neuen Zaun war alles noch wie sonst, nichts fehlte, nichts war neu gebaut. Die Bäume, die du gepflanzt hast, stehn noch da, nur schöner, größer; die Scheunenleiter hängt noch am selben Platz: die schwarze Klinke an der Küchentür, die dir als Kind stets Schwierigkeiten machte, bewegt sich immer noch so schwer; zufällig sieht auch die Katze, die auf der Treppe in der Sonne liegt, wie deine aus.« Das alles muß ihn, meint Herr Kühn, so umgeworfen haben, daß er das eigne Kind darüber ganz vergessen hat.

Ausschlaggebend für Herrn Müllers Entschluß, sich die letzten Jahre seines Lebens für einen Hof abzurackern, der ihm nicht gehörte, ist vielleicht gewesen, daß die neuen Besitzer

ihn um Rat gefragt hatten. Der Stall, der auf Sumpfboden stand, hatte schon vor vierzig Jahren Neigung zum Absinken gezeigt. Jetzt waren die Risse in der Wand gefährlich geworden. Viel Geld hatten die jungen Leute nicht. Abriß und Neubau wären billiger als Renovierung geworden.
Ob Herr Müller an diesem Tag schon seinen Baukostenzuschuß versprochen hat, weiß Herr Kühn nicht, wohl aber, wie die vielen Hundertmarkscheine über die Grenze gekommen sind – was aber nicht verraten wird. Immer, sagt Herr Kühn, habe er sich gesträubt, Müller hinüberzufahren, es dann aber doch stets getan, natürlich auf Müllers Kosten. Vorwürfe habe er Müller ständig gemacht, der aber habe darauf nie reagiert, sondern auch während der Fahrt nur über die schwere, wenig einträgliche Arbeit gejammert.
Länger als zwei Stunden seien sie nie jenseits der Oder gewesen, und Freude oder auch nur Zufriedenheit habe sich bei Müller nie gezeigt, wenn er die Baufortschritte gesehen habe. Man habe den Eindruck bekommen müssen, er erfülle nur eine lästige Pflicht.

Frauendienst

Die Kindertrauung, wie Pastor Liesegang (vielleicht aus Unmut, weil er daran ganz unbeteiligt ist) das nennt, findet am Sonntag nach der Messe statt; vor dieser bietet sich für jeden, der es nötig hat, Gelegenheit zur Beichte – auch für Franz, der zwar nicht beichten will, doch muß. Das Sakrament der Ehe wird nur wirksam, sagt der Priester, der Bereska heißt, wenn Franz es würdig, also sündenfrei empfängt; und da die Macht der Kirche, so fremd sie ihm im Krieg geworden ist, im Unterschied zu jeder weltlichen, noch immer was für ihn bedeutet, wagt er es nicht zu sagen: danke, für ihn bestehe kein Bedarf.

Er hat sich in den Nazijahren der Meinung seines Vaters: Wer jetzt den Glauben an die Kirche nicht verliert, hat keinen zu verlieren! angeschlossen, ist so der Pflichten eines Katholiken ganz entwöhnt und sieht dem Beichtakt mit noch größerem Unbehagen als dem Trauungsakt entgegen. Während er dort nur würdig gehen, stehen, sitzen muß und laut (doch nicht zu laut) ein Ja zu sagen hat, muß er hier frei und auf Kommando sozusagen von sich selber reden, was ihm vor Freunden schon, viel mehr vor diesem Oberschlesier, den er nur flüchtig und nicht von der angenehmsten Seite kennt, unmöglich scheint. Die eine Woche, die er zur Vorbereitung darauf hat, reicht nicht mal aus, sein Mißbehagen näher zu bestimmen. Angst vor Geständnis von Verbrechen fällt in Ermangelung dieser aus; viel eher könnte der Gedanke, dem Priester unnütz Zeit zu rauben, Anlaß zur Erfindung solcher sein. Denn viel zu bieten hat Franz nicht. Auch wenn er nicht das eigene Rechtsempfinden, sondern kirchliches zum Maßstab macht, kommt doch vermutlich weniger heraus als bei anderen Junggesellen seines Alters. Unsicherheit in Ritenfragen plagt ihn auch. Zwar hat das Kind gelernt, wie man im Beichtstuhl sich benimmt, was man beim Eintritt und beim Abgang sagt, doch hat der ungeübte Neunzehnjährige es längst vergessen. Duzt man, falls man geduzt wird, den Beichtvater auch?

Muß man vielleicht, wie man oft liest, Hochwürden zu ihm sagen?
Die Sache kommt Franz schließlich nur wie eine würdelose Unterwerfung vor. Wut auf die Braut, die das verschuldet hat, mischt sich mit Trotz. Am Hochzeitsmorgen weiß er, wie er der Schmach begegnen muß; er wird, ohne die Regeln zu verletzen, seine Meinung sagen und mit dem Priester lokker reden, gleich zu gleich. Er nimmt sich also vor, erstens, die kleinen, aus Mangel an Gelegenheit tatsächlich sehr geringen Sünden, die die Kirche Unkeuschheiten nennt und für den Hauptbestandteil aller Beichten hält, nur auf Verlangen (und in einem Ton, der zeigt, daß er sie selbst verzeihlich findet) zuzugeben und, zweitens, als die schwerste seiner Sünden zu bezeichnen, was für Bereska, wie er annimmt, keine ist. Er habe, wird er sagen, unter der zur Hölle jetzt gefahrenen Obrigkeit stets, wenn auch widerwillig, seine Pflicht getan und fürchte, daß er diese Schuld mit seiner Kirche teile.
Für Leser, die, weil sie noch nie gebeichtet haben, sich schlecht in Franzens Lage finden können, sei hier der oft herangezogene Vergleich von Arzt und Priester angestrengt. So fraglich der auch ist, stimmt er in einem Punkt wirklich: daß nämlich beider Zeit für ihre Kunden knapp bemessen und lange Wartezeit für diese nötig ist. An überfüllten Warteräumen, langen Beichtstuhlschlangen läßt sich natürlich auch was Positives sehen: sie zeigen nicht nur das Vertrauen an, das dieser Mediziner, dieser Gottesmann beim Publikum genießt, sie nehmen auch dem eignen, nun geteilten Leid das Ungeheure und Besondere – und sie schaffen für die Vorbereitung einer möglichst kurzgefaßten Formulierung der Gebrechen oder Sünden Zeit.
In Arndtsdorf, wo ein Küchenschemel das Beichtgestühl ersetzen muß, fehlt auch die Warteschlange; dafür gibt es, vorn rechts, die Wartebank. Von ihr bis zu dem dunkelroten Vlies, das, neben dem Altar, den Eingang zu der Sakristei verhängt, sind es nur vier, fünf Schritt, doch werden die zur Qual, wenn eine schon zum Gottesdienst (der Trauung wegen besonders zahlreich heut) versammelte Gemeinde stumm dem Auftritt folgt. Man weiß, daß aus der Zeit, die man dort drin verbringt, die Leute ihre Schlüsse ziehn, und fürchtet über-

dies, die Sündenzahl um eine zu vermehren, indem man trödelt und so Anlaß zu verspätetem Beginn der Messe gibt.
Die Sakristei ist nicht so dunkel, wie es Franz beim Eintritt scheint. Zwar sind die Fenster dieses erst im 19. Jahrhundert an den mittelalterlichen Bau gefügten Raum, da Scheiben fehlen, zugenagelt, doch lassen Bretterritzen, trotz der dichten Friedhofsbäume draußen, Sonnenstrahlen ein. Franz, der auf einem Kissen kniet, kann also, wenn er aufschaut, über sich den Kopf des Priesters sehen (im Profil, ihm etwas zugeneigt), und er könnte an der Mimik, gäbe es dergleichen, auch erkennen, welchen Eindruck sein mit Schuldbekenntnissen verbundener Zweifel an der Kirche, den er gleich zu Anfang mitteilt, macht. Vorläufig aber bleibt das Geistlichengesicht noch unbewegt, und nur die Lippen rühren sich ein wenig, wenn Bereska, ohne eine Pause zuzulassen, »Und was weiter?« fragt.
Franz, der nichts weiter sagen will, der suggestiven Aufforderung zum Reden aber folgt, gibt zu Punkt eins, dem Streitpunkt, wie er hofft, noch einen Kommentar, das fünfte Gebot betreffend, wird aber, da der stockend ausfällt, bald von einer Frage anderen Inhalts, der schnell weitere folgen, unterbrochen. Dabei kommen, wie befürchtet, auch Intimitäten dran. Die mögen für den Priester, der das Beichtkind eine Stunde später trauen soll, zwar wichtig sein, für unser Thema (das im nächsten Satz schon folgt) aber haben sie nur sehr bedingt Bedeutung. Unter Berufung auf das Beichtgeheimnis lassen wir sie also aus und kommen gleich (das Ganze geht sehr schnell) zu der die Fragerei beschließenden (und Franz verwirrenden) Marienfrage.
Die stellt Bereska (der dadurch mit Erfolg der Kriegs- und Konkordats- und Judenproblematik aus dem Wege geht) zwar lauen oder abgefallenen Katholiken immer, doch hat er diesmal noch besonderen Grund dazu. Da seinem Beichtkind nämlich, wie er weiß, die Reine Magd als Kunstwerk was bedeutet, ahnt er sehr richtig, daß sie ihm auch sonst und überhaupt am Herzen liegt.
Sie ist dabei, wenn er die Frage stellt. Hölzern, bestaubt, die Nase leicht lädiert, mit beiden Händen ihren Mantel über zwergenhafte Mönche haltend, ist sie auf Kirchenbankruinen abgestellt. Den Ehrenplatz, den ihr die Zisterzienser früher

gaben, hat sie vor vier Jahrhunderten schon eingebüßt. Jetzt, da die Sakristei, die einer Rumpelkammer gleicht, den Flüchtlingen aus Oberschlesien im Zweimonatsabstand Platz zum Beichten bietet und die alte Feldsteinquaderkirche wieder »Meerstern, ich dich grüße« und »Regina coeli« hört, könnte die Verbannungszeit für sie zu Ende sein; doch macht der Hausherr, Pastor Liesegang, nicht mit. Franz, der als erster, mit kulturhistorischer Begründung, für die wurmzerfressene Immakulata bat, wurde mit den Hinweis auf den Unterschied von sakral und museal schnell abgespeist. Ausführlicher wurde dann der Pastor, als Bereska kam.
Da zeigte sich, daß Liesegang, den man tagtäglich nur als Landsmann sieht, auch Mann der reinen Lehre ist. Und diese, sagte er, bezieht sich auf die Schrift und sonst auf nichts. Verehrung der Maria aber kommt in ihr nicht vor. Weder als Himmelskönigin noch Miterlöserin erscheint sie da, und auch von einer Mittlerin, die anzuflehn noch lohnt, wenn unser Herr im Zorn uns nicht mehr hören will, ist seines Wissens nie die Rede. Dagegen steht ganz deutlich dort geschrieben, siehe Lukas 11, was Jesus von der Lobpreisung seiner Mutter hält. Und wenn er dann, Johannes 2, in Kana auf der Hochzeit ausruft: Weib, was habe ich mit dir zu schaffen! gehört schon sehr viel Ignoranz, um nicht zu sagen Heidentum dazu, den Hinweis auf die kommende Verirrung nicht zu achten. Nein, das Gefäß zum Inhalt, die Magd des Herrn zur Herrin machen, mag der Pastor nicht. Gastrecht gewährt er seinen Christenbrüdern gern, doch dürfen die das Haus ihm nicht entstellen wollen. Maria lieben um des Christkinds willen, ja! Doch wo bei dieser, die so schön den Mantel breitet, ist denn das Kind? Wer garantiert ihm, daß es sich hier wirklich um die Jungfrau handelt? Der alten, der Apostelkirche, der vor Ephesus, rief Liesegang, war der Marienkult so gut wie unbekannt; kommt doch bei Paulus beispielsweise nicht einmal ihr Name vor. Erst später brach dann aus dem trüben Bodensatz des Götzendienstes der Kult der Muttergöttin ein und Isis und Artemis wurden nun Maria anverwandelt. Vielleicht so, fragte er, wie bei dieser hier, in Holz?
Falls Liesegang erwartet hatte, daß sein jüngerer Kollege von dem anderen Zweig der Christenheit mit ihm darüber diskutierte, wurde er enttäuscht. Der strich sich lächelnd nur die

hohe Stirn, die bis zur Mitte seines Schädels reicht, versprach (in einem Deutsch, das fast wie Polnisch klang), die hölzerne Maria mal zu säubern, und ging mit der Bemerkung, daß Glaube etwas anderes als Wissen, nämlich Gnade wäre, ab. Er sieht die Dinge nicht so schriftbezogen und so intellektuell wie Liesegang; er weiß, daß Argumente hier nicht klären, sondern nur verwirren können, und legt deshalb mehr Wert auf das Gefühl. Den Zauber, den die Gottesmutter ausübt, kennt er gut; der hilft ihm bei der Missionierung mehr als Vater, Sohn und Heiliger Geist zusammen, und deshalb setzt er ihn auch gern bei Beichten ein. Franz, der noch immer darauf wartet, über seinen Zweifel an dem rechten Weg der Kirche in den vergangenen zwölf schlechten Jahren was zu hören, was er dann bestreiten kann, wird also nun gefragt, ob er die Schönheit und Erhabenheit Mariens denn nicht mehr empfinden könne – worauf er erst ein Ja und dann ein Aber sagt und dann für eine Weile nichts.
Die Eile, die hier nötig ist, sowie die nur durch Räuspern aus dem Kirchenraum durchbrochene Stille, die jedes Wort, so scheint ihm jetzt, zu einem öffentlichen werden läßt, genügten schon, ihn stumm zu machen, doch kommt noch anderes hinzu: Die Fülle dessen nämlich, was zu sagen wäre, überwältigt ihn; den plötzlich ausgelösten Erinnerungen ist sein Denk- und Sprechvermögen nicht gewachsen; er kann nicht ordnen und nicht formulieren, was er weiß und fühlt. Denn um den Meerstern, von dem in seinen ersten Lebensstunden schon gesungen wurde, scheint sich ihm alles, was ihm je bedeutsam wurde, zu gruppieren, von der Rose ohne Dornen scheint, was je er unternahm und hinterließ, bestimmt zu sein.
Nach jahrelangem Lager- und Kasernenleben, wo sein Gefühl mit Angst und Ekel, sein Verstand mit Überlebensstrategie vollauf beschäftigt war und Uniformität in Kleidung, Sprache, Tagesablauf und Gebaren ihn zu einem Niemand schrumpfen ließ, führt dieses Beichtverhör ihn plötzlich zu sich selbst. Die fieberähnliche Bewußtseinsstörung, die seit seinem zwölften Lebensjahr durch Zwänge der Gemeinschaft und durch Todesfurcht entstanden war, heilt aus, der Neunzehnjährige kommt zu sich, er erwacht, und er beginnt von dieser Stunde an, sich langsam eine Ich-Vergangenheit

zu schaffen. Bereskas Frage reißt in ihm ein Fenster auf, an dem er jahrelang noch stehen wird, weil es ihm einen Blick zurück ermöglicht: einen Blick in Liebe, nicht im Zorn.
Die Bemühung, das Gedankenknäuel der Selbsterkenntnis aufzulösen, setzt mit der Berichtigung eines kleinen Irrtums ein. Den Meerstern hatte er sich immer als ein der Meeresflora oder -fauna zugehöriges Gebilde vorgestellt, korallen- oder bernsteinähnlich, schön wie eine Blüte, aber dauerhaft; jetzt setzt er ihn sich endlich richtig, nämlich astronomisch um, macht ihn, wie die Erfinder der Metapher wollten, zum Gestirn, das über dem bewegten Meer des Lebens steht und Irrende geleitet – in Richtung Gott im allgemeinen wohl, in seinem Fall zum Schönen, Sanften, Friedlichen, also zum Femininen hin. Der Stern, der ihm an seiner Wiege schon geleuchtet hatte und der zu Hause, in der Kirche, in der Schule in immer anderer Gestalt erschien, ermunterte ihn nicht nur zu dem Frauendienst, den er im Vorschulalter schon begann, er goß auch einen Glanz von Idealität um alle Weiblichkeit, der dieser, falls sie ihn bemerkte, am Anfang einer Beziehung zwar gefiel, doch später, weil er Nähe, die erwartet wurde, ausschloß, lästig wurde.
Der Philosoph in Franz, der alle Daseinsvielfalt aus nur einem Punkt erklären will, ist von der Theorie, daß er in jedem Mädchen nur Maria suchte, so entzückt, daß ihm in der Minute seiner Stummheit Zweifel, ob hier Ursache und Wirkung in richtiger Beziehung zueinander stehen, gar nicht kommen. Er sinnt nur weiter den Indizien, die für seine These sprechen, nach und findet sie so zahlreich und verschiedenartig, daß sie sich in der Eile zu einer Antwort gar nicht ordnen lassen. Ja, der Marienkult bedeutet noch etwas für ihn, die Grenzen aber, die Religiöses vom Profanen trennen, sind hier nicht nur fließend, sondern aufgelöst. Die Himmelsjungfrau, die der Knabe Franz verehrte, war ihm, so wird ihm klar, auch Abbild der für ihn noch nicht vorhandenen Erdenfrau – der insgeheim, sich selbst nicht eingestanden, auch die Gebete und Gedichte und Gesänge galten, die er mit Inbrunst betete und sang. Die Gottesmutter süße, die er noch jetzt, ist er allein, im Liede preist, war die für ihn Bestimmte, der er noch nicht begegnet war. Und wenn er sich das Rosental, das Veilchenfeld, das alle Herzen wonnig

schwellt, in Erinnerung ruft oder still für sich: Du Perle, Gold und Edelstein, Du Milch, Du reines Elfenbein, Du Honigseim im Herzen und im Munde! deklamiert und dabei (mit Gottfried) einen Schauder fühlt, der Himmlisches und Irdisches verbindet, wird ihm damit bestätigt, daß seine Leitstern-Theorie doch stimmt.

Warum denn sonst fällt ihm noch ein Jahrzehnt danach bei jeder U-Bahn-Fahrt die erste Liebe, eine junge Mutter ein, die ihm von Grenzallee bis Friedrichstraße gegenüber saß und ihm ein Lächeln schenkte, als sie merkte, daß die Bewunderung des Knaben ihr galt und nicht ihrem Kind? Und warum konnten Mädchen jeden Alters, die einen Mittelscheitel trugen und ihr Haar lang und natürlich fallen ließen, seiner Verehrung sicher sein? Und warum war er von jedem züchtig fallenden Gewand, das nur die seitlich vorgeschobene Hüfte und das Knie des Spielbeins ahnen ließ, so sehr entzückt, daß Glaube, Hoffnung, Liebe ihn ganz selig machten – in entscheidenden Momenten aber stumm? Und warum ließen ihn, wenn er sich eifrig unter politischen und philosophischen Realien umtat, doch die Personalien (schwarze, blonde oder braune) niemals los? Und warum schrieb die einzige der Angebeteten, die wirklich wichtig für ihn wurde, weil sie die Wort- und Tatenlosigkeit vier Jahre lang ertrug, in ihrem Abschiedsbrief: sie sei kein höheres Wesen, sie könne also seinem Anspruch nicht genügen und wende sich deshalb dem Anderen, dem Niederen vielleicht, dem also ihr Gemäßeren zu?

Bereska, der schon zweimal wissen wollte, was das Aber nach dem Ja bedeuten soll, zeigt Ungeduld. Er zieht die überhohe Stirn in Falten, atmet tief, scheut nicht davor zurück, schnell einen Blick auf seine Armbanduhr zu werfen und bietet dann dem Beichtkind Formulierungshilfen an, die aber in die falsche Richtung zielen. Die Unbeflecktheit, glaubt er, macht Franz Schwierigkeiten, und er rät ihm, wie die überwindbar sind: man muß nur lernen, *den* Bereich des Seins, den Wissenschaft erforschen kann, als stark begrenzt zu sehen, dann dringt auch das Gefühl (nicht der Verstand) in das Dahinterliegende, das Wunderbare vor, und die Geburt aus einer Jungfrau wird begreiflich.

Franz, den die Keuschheitsproblematik der Madonna nie be-

schäftigt hat, der aber leicht begreift, daß Männer eine Frau, die sie verehren wollen oder sollen, eifersüchtig jedem andren Mann (auch wenn er Josef heißt) entziehn, kommt dadurch auf den eignen Fall zurück. Ihm hätte die Erfahrung mit den Mädchen, die nicht nur angebetet werden wollten, leicht den Stern verblassen lassen können, wäre nicht die Nacht so schwarz gewesen, die ihn jahrelang umgab. Die Männerwelt aus Stumpfsinn, Gleichschritt, Zoten und Gestank ließ alles Schöne in so unerreichbar weite Ferne rücken, daß die Distanz zwischen den Frauen und der Krone aller Frauen fast verschwand. Wer jahrelang den Waffenrock als Ehrenkleid ertragen muß, dem können Röcke oder Kleider heilig werden, und eine Krankenschwester, eine Küchenfrau wird zu Unserer Lieben Frau.
Zu Gott dagegen, der bekanntlich Eisen wachsen ließ, um Schwerter daraus zu machen, war die Verbindung schwerer herstellbar. Er, der auf den Koppelschlössern mit uns, bei den stärkeren Bataillonen, war, dessen Diener (nicht nur im Geist) in unseren Reihen mitmarschierten und der es zuließ, daß man im Katechismus sein Verbot der Menschentötung, kleingedruckt, veränderte in: Töten ist erlaubt, wenn es das Vaterland, ganz gleich wie es geartet ist, befiehlt; Gott die Autorität, wurde in der Welt der vielen Autoritäten fremd; er rückte nicht gerade in die Reihe der zwangsverehrten Führer, Feldmarschälle, U-Boot-Helden, aber doch in eine dem Gefühl entzogenen Unerreichbarkeit.
Warum, so könnte Franz jetzt fragen, ist der liebe Gott ein Mann? doch kommt er nicht dazu, weil nebenan im Kirchenraum ein Bänkeknarren und ein Flüstern anhebt, das den beiden in der Sakristei beweist: die Zeit ist da, die Braut, mit Kranz und Schleier angetan, ist eingetroffen und wartet auf den Bräutigam.
Der wird nun eilig von den Sünden losgesprochen und kann gehen. Der Weg vom Vorhang bis zu seinem Ehrenplatz wird ihm, nicht nur der steifen Knie wegen, schwer. Erst als die Braut, kaum daß er sitzt, verstohlen Staub von seinen schwarzen Hosenbeinen wischt, wird ihm bewußt, daß sie als einzige von allen Mädchen, die er kannte, in sein mariologisches System nicht paßt.

Günter de Bruyn

Babylon
Erzählungen. Fischer Taschenbuch Band 11334

Buridans Esel
Roman. Fischer Taschenbuch Band 1880

Das Leben des Jean Paul Friedrich Richter
Eine Biographie
410 Seiten mit 17 Abb. Leinen. S. Fischer
auch lieferbar als Fischer Taschenbuch Band 10973

Jubelschreie, Trauergesänge
Deutsche Befindlichkeiten. 205 Seiten. Leinen. S. Fischer

Lesefreuden
Über Bücher und Menschen. Essays
335 Seiten. Leinen. S. Fischer

Märkische Forschungen
Erzählung für Freunde der Literaturgeschichte
152 Seiten. Geb. S. Fischer
auch lieferbar als Fischer Taschenbuch Band 5059

Neue Herrlichkeit
Roman. 216 Seiten. Leinen. S. Fischer
auch lieferbar als Fischer Taschenbuch Band 5994

Preisverleihung
Roman. Fischer Taschenbuch Band 5401

Zwischenbilanz
Eine Jugend in Berlin
380 Seiten. Leinen. S. Fischer

S. Fischer

fi 65/6

Günter de Bruyn

Zwischenbilanz

Eine Jugend in Berlin

380 Seiten. Leinen

Diese Autobiographie ist ein literarisches Ereignis. Sie läßt die schwierigste Zeit unseres Jahrhunderts mit eindringlicher Intensität wieder aufleben. Sie ist Entwicklungsroman und Epochenpanorama in einem – ein Werk von seltener Kraft, Klarheit und Anmut. Günter de Bruyn erzählt von seiner Jugend in Berlin zwischen dem Ende der zwanziger und dem Beginn der fünfziger Jahre. Die Stationen sind: seine Kindheitserfahrungen während des Niedergangs der Weimarer Republik, die erste Liebe im Schatten der nationalsozialistischen Machtwillkür, seine Leiden und Lehren als Flakhelfer, Arbeitsdienstmann und Soldat, und schließlich die Nachkriegszeit mit ihrem kurzen Rausch anarchischer Freiheit und die Anfänge der DDR. Wie nur wenige Schriftsteller versteht es Günter de Bruyn mit wenigen Worten Charaktere zu skizzieren, Szenen zu entwerfen und die Atmosphäre der Zeit spürbar zu machen. Das Buch spiegelt den Lebenslauf eines skeptischen Deutschen wider, der sich nie einverstanden erklärte mit den totalitären Ideologien, die sein Leben prägten. Schutz vor der oft schwer erträglichen Gegenwart fand er in der Familie, der Literatur und schwärmerischen Jugendlieben. So ist dieses Buch, allem Ernst zum Trotz, auf wunderbare Weise gelassen und heiter.

Materialien zu Leben, Werk und Wirkung zeitgenössischer Autoren

Hartmut Böhme, Nikolaus Tiling (Hg.)
Leben, um eine Form der Darstellung zu erreichen
Studien zum Werk Hubert Fichtes
Band 10831

Helmut Braun (Hg.)
Rose Ausländer · *Band 6498*

Heiner Feldkamp (Hg.)
Reiner Kunze · *Band 6877*

Samuel Moser (Hg.)
Ilse Aichinger · *Band 6888*

Wilhelm von Sternburg (Hg.)
Lion Feuchtwanger · *Band 6886*

Bettina von Wangenheim (Hg.)
Materialien zu Hilde Domin
Band 5769

Ulrich Weinzierl (Hg.)
Stefan Zweig – Triumpf und Tragik
Aufsätze, Tagebuchnotizen, Briefe
Band 10961

Uwe Wittstock (Hg.)
Günter de Bruyn · *Band 10960*
Gerhard Roth
Materialien zu ›Die Archive des Schweigens‹
Band 11274